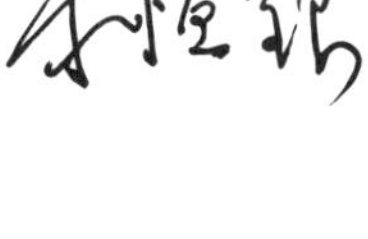

坚守平凡岗位，从小事做起，

一辈子干好一件事，

只有做好今天才能梦想明天。

"大国工匠人物传"丛书

朱恒银

『叩』开地球深部的探宝人

方鸿琴◎著

中国工人出版社

图书在版编目（CIP）数据

朱恒银：“叩”开地球深部的探宝人 / 方鸿琴著. 北京：中国工人出版社，2025. 4. -- ISBN 978-7-5008-8579-5

Ⅰ. I25

中国国家版本馆CIP数据核字第2025XP5992号

朱恒银：“叩”开地球深部的探宝人

出 版 人	董　宽
责任编辑	陈培城
责任校对	张　彦
责任印制	黄　丽
出版发行	中国工人出版社
地　　址	北京市东城区鼓楼外大街45号　邮编：100120
网　　址	http://www.wp-china.com
电　　话	（010）62005043（总编室） （010）62005039（印制管理中心） （010）62379038（社科文艺分社）
发行热线	（010）82029051　62383056
经　　销	各地书店
印　　刷	三河市万龙印装有限公司
开　　本	880毫米×1230毫米　1/32
印　　张	6.25
字　　数	105千字
版　　次	2025年6月第1版　2025年6月第1次印刷
定　　价	49.00元

国之大者，工匠先行

——“大国工匠人物传”丛书总序

在中华全国总工会成立100周年之际，全国总工会宣传教育部、中国报告文学学会、中国工人出版社联合开展了“文艺工作者走基层”活动，推出“大国工匠人物传”丛书，向全国总工会献礼，向广大劳动者致敬！

“知者创物，巧者述之守之，世谓之工。百工之事，皆圣人之作也。”这是中国所见年代最早的关于手工业技术文献《考工记》中对工匠的记载。“工”之责在于造物，“匠”者为能工鼎识者也。

幼时，老家云南昆明大板桥的老街上，从南头到北头，都是大大小小的手艺人，木匠、石匠、焗匠、骟匠、竹篾匠、鞋匠、箍桶匠……空气中飘荡着木匠的刨花香和石匠敲打出来的粉尘，充满着焗匠手中皮带的“吱扭扭”声、骟匠刀下小猪猡的闷哼、箍桶匠皮锤不轻不重的敲击声。老街上的竹篾匠是我的一个表姨夫，他来自四川，有着一手出神入化的编造竹篾手艺。粗壮的毛竹是表姨夫手中的"百万雄兵"，在一把锋利无比的刀的指挥下，被劈成厚薄、粗细不一的篾。表姨夫的本领仅次于撒豆成兵的天神，他能化篾成物，一般家里能见到、用到的器物，他都能用竹篾编出来。母亲曾命我在老街上买一个暖水瓶的内胆，然后去表姨夫的摊位上，坐等他为暖水瓶胆编制一件竹制的外壳。那个暖水瓶至今还在我家老屋的一个角落里。竹篾壳早已被岁月包了浆，虽然久不使用，却依然油润、红亮。这便是我幼时对匠人的记忆。

五千多年的中华历史长河中，涌现出了无数能工巧匠，他们或如明月光照，或如星河璀璨。一代代薪火相传的工匠精神，不仅成就了那些流芳百世的绝世建筑与器物，更是烛照我们通向文明现代化进程的精神之光，是我们文化的自信心、民族的根与魂。

从"嫦娥"探月到"祝融"探火，从"北斗"组网到"蛟龙"深潜，从港珠澳大桥横跨三地到大兴国际机场凤凰腾飞……这些挺起中华民族脊梁的大国重器、世纪工程背后，无不凝聚着万千工匠的心血和汗水，映照着工匠们孜孜以求、拼搏奋进的身影。

本套丛书收录的是全国总工会历年评选出的大国工匠

的人物传记。他们当中有焊接高铁的“工人院士”李万君、打破国外高端设备维修垄断的王树军、让中国锻件立于世界之巅的刘伯鸣、“人刀合一”的顶级钳工李凯军、在高空“穿针引线”的竺士杰、油田里的创新能手刘丽、了不起的“钢铁裁缝”艾爱国、数控机床上的“雕刻师”孟维、让三星堆文物“活”起来的郭汉中……他们有的是传统加工业的锻造者，为了突破技术瓶颈精益求精；有的是新兴制造业的探路者，为了实现精密制造巧思妙想；有的是军工行业的铸剑者，为了打造国之重器默默坚守；有的是民间手工艺的守护者，为了传承非遗文化精雕细琢……他们奋战在国防军工、装备制造、传统工艺等行业的第一线，以久久为功的钻研和创新，造就了一个个传奇。

这些杰出的工匠，尽管行业不同、岗位不一，成长经历各异，但他们都有着爱党爱国、敬业奉献、创新争先的优秀品质。他们耐得住清贫与寂寞，用灵巧的双手和精湛的技艺，数十年如一日地在平凡的岗位上雕琢自己心中的梦想，以实际行动诠释着“执着专注、精益求精、一丝不苟、追求卓越”的工匠精神。“天下大事，必作于细。”工匠精神既是中华民族技艺世代传承的价值理念，又是中国开启新征程，从制造业大国迈向制造业强国的时代需要。

“大国工匠是我们中华民族大厦的基石、栋梁。”2024年3月5日，习近平总书记参加十四届全国人大二次会议江苏代表团审议时强调“树立工匠精神”，指出“没有金刚钻，揽不了瓷器活”，要“把第一线的大国工匠一批一批培养出来”。党的十八大以来，习近平总书记对建设高素质劳动大军高度重视，强调“当代工人不仅要有力量，还要有智慧、有技术，能发明、会创新，以实际行动奏响时代主旋律”，深刻阐述工匠精神“执着专注、精益求精、一丝不苟、追求卓越”的内涵要义，号召全社会弘扬工匠精神，“为全面建设社会主义现代化国家、实现中华民族伟大复兴的中国梦提供有力人才和技能支撑”。

“匠心聚，百业兴。”无论是传统产业，还是新兴产业、未来产业，大国工匠在发展新质生产力的历史进程中不可或缺。随着经济发展方式转型和产业结构升级，中国要实现由制造大国向制造强国的转变，实现由中国制造向中国创造的跨越，离不开广大劳动者的创新和创造，更离不开对工匠精神的继承和发扬，于是呼唤更多大国工匠成为时代强音。

文艺是时代进步的号角，最能代表一个时代的风貌，最能引领一个时代的风气。中国报告文学学会、中国工人出版社联袂推出“大国工匠人物传”丛书，以图书的形式为大国工匠树碑立传，让他们的故事和精神具有更广泛的交流传播价值和长久的史料价值。本套丛书的写作者奔赴大国工匠生活的城市，深入大国工匠工作的厂区、车间、工作室，获取了全面细致的第一手材料，最终将大国工匠的成长、成才故事呈现在读者面前。

“大国工匠人物传”丛书讲述的是个人奋斗史，也描绘出大国工匠的群体形象。可以说，这套丛书是目前国内系统研究众多大国工匠人生轨迹的权威读本，既有对每位大国工匠的整体介绍和事迹梳理，又有具体的事件、案例，全面、生动地展示了大国工匠各个人生时期的工作和生活状态。

新时代是奋斗者的时代，中国式现代化建设新征程这一宏伟事业为广大工匠技能人才成就梦想提供了广阔舞台。每位劳动者都是主角，都可以成为工匠精神的践行者。大国工匠是新时代的最美奋斗者，更是和平年代当之无愧的英雄。

国之大者，工匠先行，向着中华民族伟大复兴的目标砥砺奋进，行稳致远。

是以为序。

目　录

第一章 童年记忆，慈母的教诲

1955年11月，朱恒银出生在安徽省舒城县高峰乡的一个普通家庭。著名红军将领高敬亭将军曾在这里带领新四军第四支队创造了辉煌的革命业绩。在这片土地长大的朱恒银，从小就听了不少红色传奇故事，对这些英雄人物充满了敬仰和向往。

朱恒银居住的乌沙街是一个四周环山、流水穿街而过的古镇。中华人民共和国成立后，朱恒银的父亲在这里开了一家小饭馆，生意很红火，全家日子过得很安逸。

1958年，国家要在乌沙街下游修建龙河口水库（现名万佛湖），以解决汛期山洪暴发、下游平原区万顷良田被洪水肆虐及旱季无水灌溉的问题。由于新修水库，上游部分居民不得不迁移，乌沙街就是重点的移民区。朱恒银的父亲带领全家积极响应国家号召，放弃生意和久居的家园，决定移民到五桥乡。

政府在一块空地上建起了一条不到50户人家的新街道，朱恒银的父亲在这里组织了一个餐饮合作社，重操旧

1964年，朱恒银的父亲（二排左三）与五桥饮食业合作社职工及家属合影照

业。由于新的环境地理位置较偏，人口流动不大，所经营的餐饮生意只能勉强维持生计。

朱恒银的父亲朱献发是一个目不识丁的手艺人，自幼失去父母，小时候吃百家饭长大，后来在安徽省舒城县高峰乡乌沙街开了一个小茶馆养家糊口。从事餐饮行业很辛苦，每天清晨 4 点钟就要起床上班做早点，晚上 9 点多钟才下班。他父亲很敬业，为人正直、善良，是家里的顶梁柱，更是朱恒银的榜样。

天有不测风云。1966 年 4 月中旬的一天早晨，父亲醒来觉得手脚有些麻木，但并未把这事放在心上，更没有到医院检查，还是每天按时上下班。一个多月后，父亲的手开始无故抖动，鞋带也无法系紧，终于在 6 月初的一个早上，父亲在工作岗位上突然晕倒，经当地医院抢救苏醒过来，送到离家 20 公里外的军工三线厂的皖中医院住院治疗，医生诊断为脑出血。

此时，家中抽不出合适的人去照顾，朱恒银的母亲便让他暂时休学去医院陪护父亲。那一年，朱恒银刚刚满 10 岁。父亲在医院治疗时，起初还比较清醒，躺在病床上手脚也能动，然而到了后期治疗效果不佳，下半身失去知觉，大小便失禁。眼看着原本健硕的父亲被病情折磨得形

读小学的朱恒银

销骨立，陪伴在旁的朱恒银经常避开父亲躲在病房外偷偷地抹眼泪。

年幼的朱恒银根本无力翻动父亲无法动弹的身体。每日给父亲换衣服和擦洗身体就成了朱恒银最大的挑战。怎么办？朱恒银急中生智，想了一个办法：他双腿跪在床上，把父亲的双腿架在自己的肩上，然后用自己瘦弱的肩膀把父亲的下半身顶起来，臀部离开床面后，他就可以换下脏了的衣裤，帮父亲擦洗好身体，换上干净衣服。医院的医生和护士见到了这一幕，纷纷称赞朱恒银的孝心和责任心。他们说："这小孩真有办法，也懂事，会做事。"

朱恒银每天都需要为父亲换衣、擦洗两到三次。在医院陪护父亲两个多月，朱恒银逐渐学会了照顾父亲的技能：买饭、喂饭、换衣、洗衣……

当父亲病情稍有好转时，朱恒银的心中总会充满喜悦与希望。当病情再次加重时，他的心中又充满了无尽的焦虑与恐慌。他真的不敢想，如果父亲不在了，他们这个家会怎么样。

朱恒银的父亲最终还是离开了人世。那一刻，他感觉整个世界都塌陷了。朱恒银告诉笔者："父亲的去世，让年幼的我真正感受到什么是痛苦和无助。"

父亲突然因病去世，没有工作又上了年纪的母亲带着3个未成年的孩子相依为命。全家每月仅靠12元的国家救济款生活，日子过得非常拮据。朱恒银从小学到高中的学业，都是在国家的资助下完成的。回首过往，那段时光对于朱恒银来说，依然历历在目……

从小学至高中，朱恒银没有穿过一件洋布衣服、一双商品鞋。衣服，是母亲用土布染上黑粉自己缝的；鞋子，是母亲一针针纳出的鞋底做成的；雨鞋，是在布鞋鞋底和鞋帮上用鸡蛋清涂抹，再刷一层桐油制成的。读高中住校时，母亲在家养鸡，一家人却从来没舍得吃过鸡蛋。因为卖鸡蛋的钱是朱恒银每周生活费的主要来源，而这点生活费也仅够他每顿吃上一点干粮，他还要带一罐自家腌制的咸菜作为下饭菜，一罐咸菜吃一周。夏季炎热，咸菜放不了几天就会发霉变质，他便无菜可吃了。

为了减轻母亲的负担，每逢暑假，朱恒银都会到外地打零工或到山里拾柴。朱恒银回忆说：“我们是商品粮户口，没有土地和山场，周边山地柴草都是农民承包的，不能进去拾柴。我们拾柴只能到二三十公里外的深山老林去，那里没有人承包，每个周日早上 3 点钟起床带点干粮出发，傍晚才能拾柴回家。展厅的那张拾柴照片，是我永久的纪念。”那是 1971 年读中学期间的某个周日，朱恒银拾柴归来，路过学校门口稍歇了一会儿，正巧学校毕业班拍毕业照，照相馆的摄影师钟师傅看到光着脚丫、扛着木柴的朱恒银，招呼他过来给他照了一张，然后洗出来送给了朱恒银。当时，他非常高兴，给钟师傅深深鞠了一躬，并把这张珍贵的照片一直保存至今。到了寒假，朱恒银收集同学丢弃的空墨水瓶制作小油灯，用麻秸秆和竹篾制作不同造型的纸糊小灯笼卖，挣点钱以补贴家用。

朱恒银读中学期间打柴

那时，家庭条件虽然很艰苦，但朱恒银的母亲对孩子们管教很严，她经常教导孩子们，“人穷志不穷，要有骨气，不允许拿人家的一针一线，为人做事要坚守本分，要有感恩之心”。她还有一个坚定的信念，“我们这辈子没有机会上学读书，斗大的字不识一箩筐，现在再穷也不怕，我就是要饭也要把你们送到学校读书，只有知识才能改变命运”。

朱恒银的母亲纺纱照

朱恒银向笔者回忆起母亲时，眼泪夺眶而出。他说："年迈多病的母亲在那艰苦的岁月里，靠种菜、养鸡、纺棉纱，把我们姐弟3人抚养成人。生活无论如何艰难，她在我们面前从未流过泪，没有被压垮，用她年老体弱的肩膀承担起家庭的责任，总是用一种期盼的目光注视着我们。她坚韧不拔的性格和有感恩之心的品德，为我树立了榜样，也培养了我不怕困难、坚韧不拔的性格以及感恩报国之心。"

朱恒银儿时的经历，特别是母亲的含辛茹苦和教育培养，正是他扣好人生第一粒扣子的开始，这对他的人生观、价值观和未来道路的选择起着潜移默化的作用。

第二章 广阔天地，难忘知青岁月

20世纪六七十年代，中国掀起了一场波澜壮阔的知识青年“上山下乡”运动，广大城市青年积极响应毛泽东主席号召，投身农村、建设农村和接受再教育。

1973年底，18岁的朱恒银高中毕业，第二年年初，他就来到了五桥公社高阳生产大队茶林场落户。“当时，我对知青‘上山下乡’感到很新鲜很向往，还主动向公社写了一份申请书，要求到农村去，到广阔的天地去接受贫下中农再教育，还表态：党的需要就是我的志愿，我愿意在农村干一辈子革命。”当时政策规定，农村小集镇知青下放，原则上规定是本县当地下放。朱恒银下放地就在龙河口水库南岸，距朱恒银家住的小镇不到10公里。

朱恒银与三位初中毕业的青年，共同组成了一个知青小组，他担任小组长。他们被安置在生产大队为他们专门建造的土坯茅草房内，茅草房一字排开，每人一间。屋内由公社统一配置了床、被子、蚊帐等生活用品。在这陌生的农村，他们有了自己的新“家”，村民们称之为“知青屋”。

初到农村，这里的一切对朱恒银而言充满了新奇。然而，现实的农村生活逐渐展露出它质朴而艰辛的一面。做饭、洗衣、劳动和学习全靠自己，很多事都要从零学起。而起早贪黑、日晒雨淋、日复一日的生产劳动，对他们这些刚走出校门的青年还真是一种考验。特别是在水田里插秧的经历，让朱恒银深刻体会到了艰辛与不易。

第一次下水田，人畜粪便混杂的水田在烈日的暴晒下臭气熏天，给几个知青来了个下马威，他们被熏得头痛欲裂。朱恒银教大家用棉花涂点清凉油塞入鼻孔，以此来缓解不适。插秧过程中，最怕的是被蚂蟥叮。蚂蟥吸血，常是不知不觉的，吸饱后它们自行脱逃，可血还会一直流。

朱恒银下放时居住的"知青屋"

除了蚂蟥，田里还有虫蚁。知青们一边插秧，一边应付害虫，生产速度根本无法跟技术娴熟的村民们相比。知青们技能不足，秧苗插不成行，深浅不一，出现"漂秧"时还要重新返工。

插一天秧下来，回到知青屋，朱恒银的腰都直不起来了，躺在床上不想动，也不想去食堂打晚饭。茶林场的一位年轻农民，知道朱恒银没吃晚饭，就带了一份饭菜送到朱恒银的房间，叫醒了他。面对这份突如其来的关怀，朱恒银很感动，他紧紧拥抱了一下这位朋友，流下了眼泪，这泪水中有辛酸，有苦难，也有感恩。注意到朱恒银腿上被蚂蟥叮咬留下的红肿与血痕，小伙子说：“不要紧，用盐水清洗就行了，以后下田前用食盐水把腿搓搓或腿上套个塑料袋就可以了。我们农村人，不怕蚂蟥，腿上都不套塑料袋，见到蚂蟥咬腿，用秧把扫一下，它就下来了。你不管它，它血吸饱了，肚子圆了，也会自动滚下来，然后把伤口用盐水洗一下或抓把盐搓一下就行了。”那晚，在朱恒银房间里小伙子教了他不少干农活的技巧。

除了插秧，采茶叶也是山区重要的农活之一。相较于水田中的劳作，采茶环境更为宜人。清晨，当第一缕阳光羞涩地探出地平线时，朱恒银他们就已经到了茶山梯田上。层层叠叠的梯田茶园与山间美景交相辉映，令朱恒银沉醉不已。身边云雾缭绕，宛如仙境；露珠滴在嫩绿的茶叶上，晶莹剔透；茶树间夹杂着各种花草，相映成趣，构成了一幅生动和谐的生态画卷。微风拂过，飘来一阵阵浓郁的香味。茶园之下，清澈的龙河口水库波光粼粼，让人心驰神往。

这是朱恒银第一次采茶，他感到特别好奇和兴奋。只见茶树绿叶间，新芽簇拥，有的以小芽之姿散发清新香气；

有的则羞涩地探出头来，见四周无人便勇敢地伸展身躯；更有那些已完全展开的叶片，傲然挺立，仿佛在热烈欢迎这些年轻访客的到来。朱恒银凝视着那片片鲜嫩的绿叶，有些不忍心去采摘它们。

环顾四周，漫山遍野都是采茶的村民，那场景更是热闹非凡。人们腰挎茶篓，十指翻飞，轻盈地在茶树间穿梭，手法熟练而优雅。朱恒银看着忙碌的村民，也收起了心中的诗情画意，学着他们的样子采起茶来。朱恒银采茶

1975 年，朱恒银（左一）和五桥茶林场部分下放知青合影

的手指总是很僵硬，掐的茶叶不是长了，就是短了，还总把老叶一起掐下。村民们已收获颇丰，他却仍徘徊于几丛茶树之间，进展缓慢。一位农民大嫂走到他跟前说：“小伙子，采茶还是讲究点技巧的，你这样采的茶叶是不能用的，采茶首先要采刚发芽的嫩叶，老叶老枝干是不能采进去的，采摘时不仅要眼疾手快，还要注意姿势和速度，保持一定的节奏。”她亲自示范给朱恒银看，手指在茶叶上轻轻一掐，一枚嫩芽便被采下来；紧接着，手迅速移动到下一片茶叶上，再轻轻一掐，再下片……如此循环往复，动作轻柔而迅速，连贯而准确，宛如行云流水。在她的指导下，朱恒银开始慢慢地掌握了采茶技巧，尽管动作尚显生疏，速度也难以与村民相提并论，但他乐在其中。阳光温柔地洒落，微风轻拂，茶香与鸟鸣交织成一首悠扬的田园诗，让他的心灵得到了前所未有的净化和升华。

夕阳西下，红彤彤的晚霞洒在绿油油的茶园梯田上格外美丽。几个初来乍到的知青背着茶篓，满载而归，脸上洋溢着满足的笑容。朱恒银意识到，要想在农村这片土地上扎下根来，除要有不怕脏、不怕苦、不怕累的精神外，更需掌握扎实的生产技能，这也成为他下乡生活学习和奋斗的目标。

在舒城县朱恒银劳模工匠精神教育基地展厅一隅，笔者看到一份手写的被虫子蛀满小孔的发黄的入党申请书。那是1976年4月初，朱恒银听了五桥公社茶林场方国福书记关于“如何当好一个党员，并在生产劳动中发挥作用”的报告后，心潮澎湃、热血沸腾，遂提笔写下这份入党申请书。这份入党申请书写得非常实在，没有高大上的理论语句和华丽优美的词语，字里行间透露出那个年代人们对于入党的纯粹与真挚。朱恒银告诉笔者：“我有一个用旧岩

朱恒银来到曾经下放过的龙河口水库（现名万佛湖）西岸，远望湖面，思绪万千……

心箱板和报纸做的资料箱，里面珍藏着一些图书和学习、工作笔记，这个资料箱一直跟随我40多年，2022年初，我整理箱中资料时，在一本书中发现了它。”朱恒银补充说，这份是入党申请书的草稿，后经修改的正式的入党申请书呈交给了茶林场党支部。这是朱恒银满20岁时向党组织提交的第一份入党申请书。他心中充满了对党的崇敬与向往，他知道要想成为一名共产党员，要经受党组织多年的考验，意味着更多的责任与担当，意味着要在平凡的岗位上，做出不平凡的贡献。

在农村生产生活两年多，朱恒银学会了插秧、割麦、除草、种菜、种茶、采茶等农活。在这片广阔的土地上，朱恒银学会了许多书本上学不到的东西。他说：“在农村艰苦的环境下，与农民朝夕相处，他们的淳朴、善良、节俭、勤劳、乐观的品质和人生态度，在我的脑海里留下了深深的印记，成为我人生旅途中宝贵的财富。”

2022年，朱恒银重返当年劳动过的茶园、田野。正值春日，茶叶吐新，麦苗青青，油菜花海金黄一片，空气中弥漫着熟悉而亲切的芬芳。往昔采茶、插秧、挑塘泥、湖边游泳的画面历历在目，让他思绪万千，一切仿佛就在昨天。朱恒银说：“我对这片土地，有着深深的感情，我对

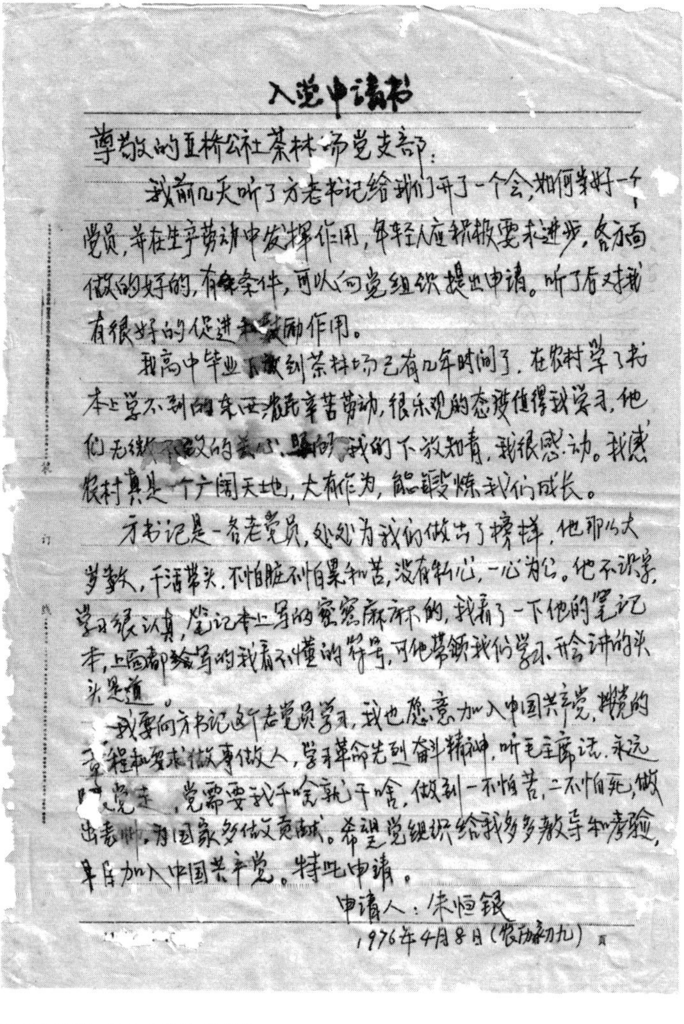

入党申请书

尊敬的亘桥公社茶林场党支部：

我前几天听了方老书记给我们开了一个会，如何当好一个党员，并在生产劳动中发挥作用，年轻人应积极要求进步，各方面做的好的，有条件，可以向党组织提出申请。听了后对我有很好的促进和鼓励作用。

我高中毕业下放到茶林场已有几年时间了，在农村学了书本上学不到的东西，贫农辛苦劳动，很乐观的态度值得我学习，他们无微不至的关心、照顾我们下放知青，我很感动。我感农村真是一个广阔天地，大有作为，能锻炼我们成长。

方书记是一名老党员，处处为我们做出了榜样，他那么大岁数，干活带头，不怕脏不怕累和苦，没有私心，一心为公。他不识字，学习很认真，笔记本上写的密密麻麻的，我看了一下他的笔记本，上面都是写的我看不懂的符号，可他带领我们学习、开会讲的头头是道。

我要向方书记这个老党员学习，我也愿意加入中国共产党，按党的章程和要求做事做人，学习革命先烈奋斗精神，听毛主席话，永远跟党走，党需要我干啥就干啥，做到一不怕苦，二不怕死，做出表率，为国家多做贡献。希望党组织给我多多教导和考验，早日加入中国共产党。特此申请。

申请人：朱恒银

1976年4月8日（农历初九）

朱恒银的第一份入党申请书草稿

这里的社员，有着深深的感恩。我在农村的生活虽然不长，但那段时间的劳动与磨砺，强健了我的体魄，磨炼了我的心志，农民不辞辛劳的耕耘与无私奉献的精神，为我后来对人生的认识起到了重要作用。”

第三章 走出大山，结缘地质钻探

1976年9月上旬的一天，朱恒银和其他知青正在山地剥玉米，公社的吴干事（管理下放知青的专干）风尘仆仆地来到茶林场，带来了一个令人振奋却又倍感压力的消息——有一个招工名额，需要在4名下放知青中选拔。方国福书记把知青小组从玉米地里喊回来，告诉了他们这个消息。知青们面面相觑，喜忧参半——喜的是终于等到了招工名额，忧的是名额只有一个。朱恒银当即表态，先把这个机会给女同学汪广芝吧。然而，吴干事严肃地指出，最终的决定并非仅凭个人意愿，需要经过层层推荐和政审，符合招工条件者方能入选。随后，茶林场党支部开始了紧张的研究和推荐工作，并逐层上报至公社。

1976 年 10 月初，公社派人送来了一张招工表格让朱恒银填写，这让他感到十分意外："怎么是我呀？"公社的办事员解释说："这次招工是到地质队工作，条件艰苦，要求男同志且需高中生。"朱恒银是知青小组中唯一的高中毕业生。经过一系列的体检和政审，朱恒银最终顺利通过了招工的各个环节。11 月下旬，他到公社办完招工手续后，又返回他奋斗近 3 年的茶林场，与知青同伴和乡亲们告别。老人们拉着他的手久久不愿松开，伙伴们与他紧紧拥抱，方国福书记走到他跟前，紧握着他的手说："小朱，大家真的舍不得你走，但国家需要有知识的青年，到祖国更需要的地方去发挥更大的作用，我们希望你有空常回来看看，到新的单位要好好工作，好好学习，做一个有为青年。"老书记的话语如同春风般温暖了朱恒银的心，他激动得热泪盈眶。他对乡亲们说："感谢你们这几年来对我的关心和照顾，你们教会我很多书本上学不到的东西，我永远不会忘记你们，到新的单位，我一定好好做事做人，不会给大家丢脸。"就这样，朱恒银含泪挥手告别了他奋斗近三载春秋的地方——茶林场。

安徽省地质局337(现为313）地质队用解放牌大卡车，把新招的知青们，从六安送往霍邱周集铁矿区。彼时，周集铁矿是国家确定的找矿会战基地。历经10多个小时的颠簸，穿越了尘土飞扬的土路，跨越了130公里的距离，知青们终于抵达勘探工区的分队。下车后，他们全身上下都是灰土，只剩牙齿是白的。

到达目的地时，天色已晚，分队负责人把他们安排在分队工棚的草垫地铺上休息。吃过晚饭，朱恒银随大伙儿一起走出工棚，只看见满天的繁星闪烁，四周是广阔无际的麦田，远处的田野里竖立着几台闪着灯的钻塔，不时传

1975年初，安徽霍邱铁矿勘探会战场景

来柴油机的轰鸣声和取心敲岩心管的叮当声。知青们也好奇，就走进机房看看工人的工作环境，询问他们的工作内容。大家纷纷小声议论着："这真的就是我们以后工作的地方吗？"溢于言表的失望写满了小伙子们的脸庞。朱恒银的心也凉了一截。

经过短期的野外职业教育培训，朱恒银领了登山牛皮鞋、高帮胶靴、工作服、军用水壶、地质包等劳动保护用品后，被分配至钻机岗位，正式成为一名地质钻探工人。地质钻探是地质行业中最艰苦的工种，劳动强度大，安全风险大，工作需要风餐露宿。工作于荒郊野外和崇山峻岭中，坚守于 50 平方米左右的钻机平台上，三班倒，整天都一身泥浆和油污。一个作业班只发一部小收音机，用于收听天气预报，预防台风和暴雨。曾有人这样形容钻探工作者："远看像个要饭的，近看像个捡破烂的，细看是个搞地质钻探的。"

地质野外勘探单位与部队很相似，也是以班、排、连编制。班——钻探作业班；排——一台钻机人员编制，机长称排长；连——地质探勘分队，分队长称连长。而地质大队就是团部，是正团级编制。朱恒银所在的 337 地质队因处于国家大型铁矿勘探区，有职工 800 多人，是安徽省

1977 年朱恒银在钻机当学徒工

较大的综合勘探单位。

从事地质勘探工作，居无定所，搬迁频繁。他们常常因为几个钻孔的勘探完成而搬家——如果还在原矿区，就是他们口中的“小搬家”；当需要离开矿区，搬迁到稍远的地方时，就是“大搬家”；而当找矿需要搬迁到几百公里甚至千里之外的地方，进行跨省勘探时，那就是一场“大迁徙”或“大转移”。在这些频繁“搬家”的日子里，单身职工们只需带上他们简单的“三件套”——被子、床铺、行李包，而成家的职工还需要再带上锅碗瓢盆等生活用品。“大转移”时，一辆解放牌卡车满载着这些家庭的所有家当，驶向新的工作地点。

野外工地钻探工人的住房是干打垒。有时租农村群众家房子住，没有房子租时就住群众家土坯建的牛棚或羊棚，在地上撒点儿石灰消毒，墙面用旧报纸糊上，放上铺盖就住下来。有一天夜里，朱恒银床头墙壁的报纸内发出窸窸窣窣的声音，他点亮煤油灯，揭开报纸一看，报纸和墙壁缝里全是虱子，这情景看得他心惊胆战，一夜未得安睡。第二天，他买了一包杀虫粉，小心翼翼地喷洒在墙壁上，每一个角落都不放过，这才消灭了那些虱子。

艰苦的工作环境，让很多人打起了退堂鼓。刚招工那几年，不少新学徒工没待两天就辞职离开了单位或改换了工种。

朱恒银也曾经一度感到彷徨和苦闷。面对一望无际的荒地和孤零零的几台钻机，他无数次地问自己：干这行有出息吗？好在很快地质队领导的一席话改变了他的想法。那天，地质队组织开展了“以献身地质事业为荣、以找矿立功为荣、以艰苦奋斗为荣”的“三光荣”精神和铁人王进喜事迹的学习教育活动。活动中，有一位地质队领导语重心长地对大家说："你们别看现在这里一片荒凉，可是这里地下埋藏着大量的宝藏，靠你们青年人把它勘探出来，在不远的将来，这里就是一座城市。像我省的铜陵、马鞍山、淮南、淮北等城市，都是得益于地下矿藏的开采才建立起来的都市。地质勘探是国家建设的'地下尖兵'，从事地质找矿是我们的无上光荣。"正是这样一番话，触动了朱恒银的心灵，改变了他徘徊不定的想法。

朱恒银在学徒工期间，有幸与众多钻探老工人并肩作战，他们大部分是部队转业的同志，有的还是抗美援朝的老兵。这些老工人在战场上和工作中都受过伤，但他们那种不怕苦、不怕累、一心扑在工作上的爱岗敬业精神和行为，深深感染了他。朱恒银不仅跟他们学习了钻探作业技术，更重要的是，还在他们身上学到了那种无怨无悔，为国家找矿的崇高理想，这对他影响很大，坚定了他干地质钻探工作的决心。

钻探地区因为没有公路，设备搬迁时需要解体，靠人工扛，逢山过山，逢水涉水。钻机设备安装是技术活，一般都是老师傅亲自动手，学徒工只是帮忙打下手。有一次钻塔安装，朱恒银主动要求上塔，老师傅们对此不放心，

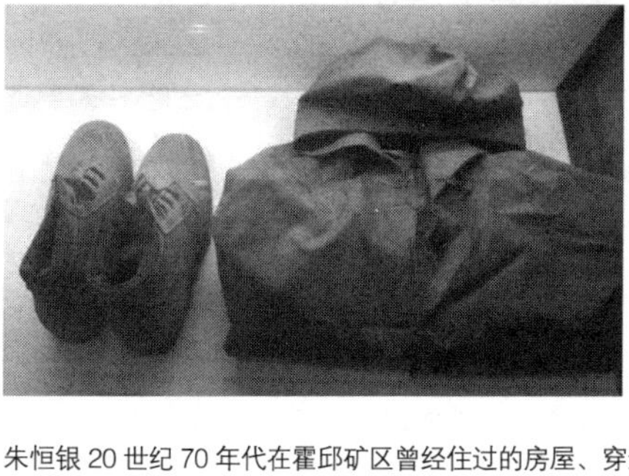

朱恒银 20 世纪 70 年代在霍邱矿区曾经住过的房屋、穿过的工作服装以及用过的煤油灯

朱恒银从事野外勘探工作，风餐露宿

朱恒银（前排右二）等钻机团支部团员赴李家圩开展阶级教育活动时的合影

上塔前细心教他安装要领、步骤，连销钉怎么用、螺帽怎么拧紧、高空安全注意事项都交代得很清楚。总共需要安装四个塔腿，朱恒银负责其中一个塔腿的安装，还要与其他三人紧密配合。系好安全带朱恒银就开始了安装工作，当安装到 10 米高度后，他不敢再往下看，两条腿也开始发抖，安装速度明显下降。如果他负责的塔腿安装节奏跟不上，就会影响其他同志的安装。朱恒银暗自对自己说，不许㞞，有安全带在，就一定不会有问题。他努力克服恐高心理，加快了安装速度，最终成功地完成了 24 米高的钻塔安装任务。这次安装实践，成为朱恒银职业生涯中的一个重要里程碑。从此以后，他不再害怕高空作业，钻塔安装技术也逐渐成熟起来。

在钻探施工作业中，无论是修钻机、修水泵，还是钻进操作和事故处理，朱恒银都跟师傅们认真学习。他虚心请教、认真领悟其中的要领和技巧。他的努力没有白费，在还是学徒工时，就已经兼任副班长带班了。回忆往事，朱恒银说："钻探施工作业只要不怕苦和累，不偷懒，从一件小事做起，虚心学习，就能从不会到会，甚至做到极致。"

这段在地质队从事钻探工作的经历，对朱恒银来说意义

20世纪70年代钻机
人工搬迁与安装现场

非凡。艰苦的工作环境不仅锻炼了他的意志力，还净化了他的内心。从最初的不习惯到逐渐适应，从对职业的不理解到深刻的认识，他明白了每一份工作都有其独特的价值和意义。

第四章 一次事故，迸发的创新热情

朱恒银在钻机当工人时，一次偶然的生产事故让他至今难以忘怀。

那是1977年10月的一个凌晨，班长尤松林带着朱恒银和同班工人一起去上大夜班（0时到8时）。接班时，班长给他们开了班前会，并进行了岗位分工。他们正在钻探的是安徽霍邱周集铁矿的一个新矿区，距淮河南岸不到一公里。施工的钻孔设计深度是500米，上部200多米是淤泥、松散砂砾层，下部是岩石和铁矿石，孔深已钻至

350 米。

班长操作钻机向下钻进不到 1 小时，突然，柴油机响声异常，冒着黑烟，机房的电灯变暗。班长反应迅速，立刻制动钻机回转，试图将孔内钻杆上提，却怎么也不能提动。同时，带动钻机回转的皮带也开始跳动得厉害，而且打滑。班长叫朱恒银他们在皮带上打蜡，以增加摩擦力，同时叫两名工人用竹棍压住跳动的皮带，其他工人紧急撤离钻机工作台。

班长分析判断，可能钻头处被孔内碎岩石块卡住，决定采取强拉孔内钻杆的处理措施。然而，就在他用钻机强拉钻杆过程中，突然"嘭"的一声巨响，钻机底脚固定螺杆被拉断，钻机翻了个儿，瞬间班长腾空弹出 2 米多高，落在钻台的一个拐角。机房内的一切在那一刻仿佛被定格。柴油机和发电机被突如其来的强大负载憋熄火了，空气中弥漫着未完全燃烧的柴油味和机器的铁锈味。机房内瞬间陷入了一片漆黑，只剩下工人们急促的呼喊声在空气中回荡。

朱恒银心急如焚，紧急中点亮了小马灯。他环顾四周，寻找着班长的身影。终于，在微弱的灯光下，他找到了班长，他的头部受到了撞击，血流如注，人已处于

20 世纪 70 年代钻机施工场景

半昏迷状态。朱恒银立即背起班长赶往能通车的土公路边，另外一个工人手提小马灯引路。那是一条蜿蜒崎岖的田埂路，约有 3 公里长。在夜色中负重前行，每一步都充满了挑战，而班长痛苦的呻吟声更是如刀割般刺痛朱恒银的心。他们深一脚浅一脚地急速前进，途中又一个工人也加入进来，他接过朱恒银的负担，背起班长。他们艰难前行，终于走到了土公路边。此时，朱恒银已经筋疲力尽，整个人如同虚脱了一般。

他们联系了一辆农用车，把班长运送到 15 公里之外的地质队医院进行抢救。返回矿区后，当朱恒银脱下工作服时，才发现整套衣裤都被班长的鲜血和自己的汗水浸透了。人也累得直不起腰来，他一屁股坐在地上，索性在地上躺了一会儿，仰望天空，那皎洁的月亮散发出洁白的光芒，而东方已泛着鱼肚白，黎明即将到来。

经抢救，班长的命虽保住了，却已不适合在野外工作。从此，班长永远离开了钻探岗位。后来，朱恒银去看

20 世纪 70 年代在钻机上的工作场景

望班长，班长握着他的手，热泪盈眶地说："恒银，真要感谢你们的救命之恩，要不是你们护送得及时，可能我就不在这个世上了……"朱恒银打断班长的话说："见怪了，不要说感谢了，谁遇到这事，都会和我们一样，也希望你安心养伤，保重身体，早日康复。"

这桩突如其来的事故，对朱恒银触动很大。当时，我国钻探设备与技术十分落后，仅能触及600米左右的深度。钻机全是用皮带传动，分为机械式手把钻机和手轮钻机两种类型，主要动力依赖柴油机提供，工人劳动强度大，工作效率低。设备故障频发，经常导致停产，孔内事故屡见不鲜。那次突发的人身伤害事故，让朱恒银心有余悸的同时，也让他暗下决心：要想在地质队继续干下去，就要改变这种设备和技术落后的现状！

从那以后，朱恒银上班的时候，常常留意设备存在的不足，并萌发了革新的想法。

一天，朱恒银在岗位上搅拌泥浆，他把黏土粉倒进大桶里，用大锹搅动黏土和水，以使它们均匀，他奋力搅拌了一个多小时还未搅成一立方泥浆，而人已经累得大汗淋漓。此时，泥浆泵高压胶管突然脱落了，其强大的冲击力把地上的土冲了一个小洞，这一幕触发了他的灵感——能不能用水泵高压水的力量搅拌泥浆呢？他把这个想法跟老师傅讲了，并得到老师傅的认可。朱恒银下班后，就琢磨这件事，他参考了一些资料，画了一个简单的草图，勾勒出“水力喷射旋流泥浆搅拌器”的初步构想。随后，在业余时间他到车间询问师傅们是否可以进行加工，车间师傅要他画加工零件细节图，朱恒银说自己不会画，并耐心地向车间师傅阐述自己的设计。通过反复的描述与讨论，他们领悟了朱恒银的意图，并依据其要求精心加工出所需部件，包括阀门、高压喷嘴、漏斗（加料斗）、柴油桶、水

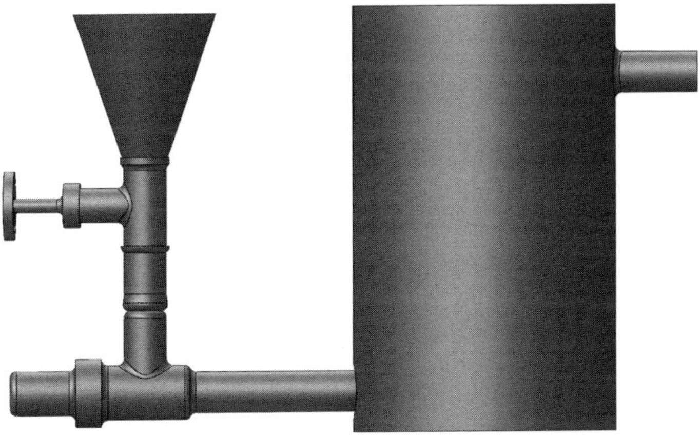

朱恒银研发的射吸式水力泥浆搅拌器

管及接头等。朱恒银将它们组配成了一个水力喷射旋流泥浆搅拌器。这台创新装置是利用水泵送水从输水管流经喷嘴时产生的高速射流使漏斗下部三通管内形成负压，从而将黏土粉从漏斗中吸入三通管内进行混合，接着沿切线方向射入搅拌容器（柴油桶）中，自下而上产生旋转液流。黏土颗粒在液流的冲击和旋转力作用下在容器内得到充分的搅拌分散，然后经出浆管流出，这样泥浆就搅拌好了。

水力喷射旋流泥浆搅拌器送到钻机现场使用，收到了非常好的效果，将原来工人需 1 小时搅拌 1 立方米泥浆的时间，缩短到 10 分钟左右，工作效率提高了 6 倍，赢得了工友们的一致好评。单位也因此给予了朱恒银表扬和奖励：一个洗脸盆和一个茶杯。这份看似简单的认可，却极大地鼓舞了刚 20 岁出头的朱恒银，点燃了他改革创新的热情。后来，他把这一小革新成果写成一篇小论文在专业刊物上发表。

这次小革新经历，对朱恒银不仅起到了激励作用，也让他意识到了自己知识的不足，如机械制图、设计与计算等知识自己都没有掌握，如果进行较大的革新，即使自己有很好的想法，也没有能力深入下去。于是，他开始利用业余时间广泛阅读学习，不断充实自己。

钻探生产事故血的教训和一次小革新的成功，也给朱恒银留下了深深的思考——技术设备的落后，是无法保证安全生产和高质量、高效发展的，要想改变现状，唯有创新、重视科学技术，才能推动行业技术进步。年轻的朱恒银内心由此萌发了人生理想：用自己的智慧，努力为地质钻探技术发展作出点贡献。

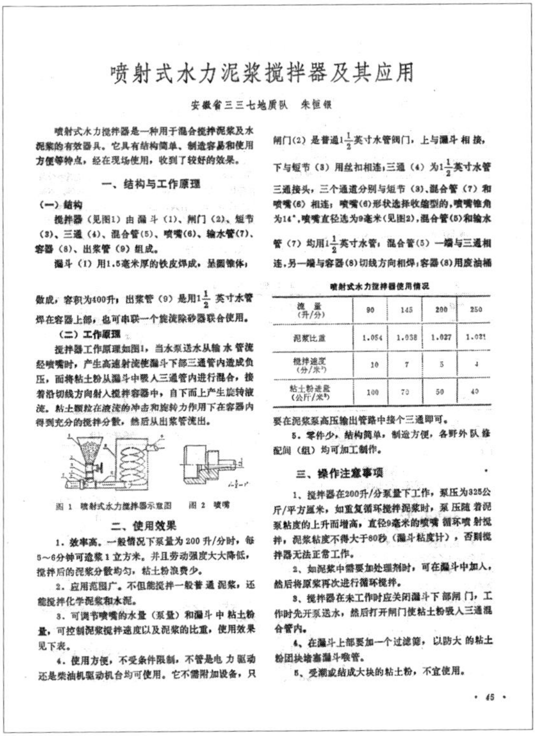

喷射式水力泥浆搅拌器及其应用

安徽省三三七地质队　朱恒银

喷射式水力搅拌器是一种用于混合搅拌泥浆及水泥浆的有效器具。它具有结构简单、制造容易和使用方便等特点，经在现场使用，收到了较好的效果。

一、结构与工作原理

（一）结构

搅拌器（见图1）由漏斗（1）、闸门（2）、短节（3）、三通（4）、混合管(5)、喷嘴(6)、输水管(7)、容器（8）、出浆管（9）组成。

漏斗（1）用1.5毫米厚的铁皮焊成，呈圆锥体；闸门(2）是普通$1\frac{1}{2}$英寸水管阀门，上与漏斗相接，下与短节（3）用丝扣相连；三通（4）为$1\frac{1}{2}$英寸水管三通接头，三个通道分别与短节（3）、混合管（7）和喷嘴(6）相连；喷嘴(6)形状选择收缩型的，喷嘴锥角为14°，喷嘴直径选为9毫米（见图2)，混合管(5)和输水管（7）均用$1\frac{1}{2}$英寸水管；混合管(5）一端与三通相连，另一端与容器(8)切线方向相焊；容器(8)用废油桶做成，容积为400升；出浆管（9）是用$1\frac{1}{2}$英寸水管焊在容器上部，也可串联一个旋流除砂器联合使用。

（二）工作原理

搅拌器工作原理如图1，当水泵送水从输水管流经喷嘴时，产生高速射流使漏斗下部三通管内造成负压，而将粘土粉从漏斗中吸入三通管内进行混合，接着沿切线方向射入搅拌容器中，自下而上产生旋转液流。粘土颗粒在液流的冲击和旋转力作用下在容器内得到充分的搅拌分散，然后从出浆管流出。

图 1　喷射式水力搅拌器示意图　　图 2　喷嘴

二、使用效果

1．效率高。一般情况下泵量为200升/分时，每5～6分钟可造浆1立方米。并且劳动强度大大降低，搅拌后的泥浆分散均匀，粘土粉浪费少。

2．应用范围广。不但能搅拌一般普通泥浆，还能搅拌化学泥浆和水泥。

3．可调节喷嘴的水量（泵量）和漏斗中粘土粉量，可控制泥浆搅拌速度以及泥浆的比重，使用效果见下表。

喷射式水力搅拌器使用情况

流　量（升/分）	90	145	200	250
泥浆比重	1.054	1.038	1.027	1.021
搅拌速度（分/米³）	10	7	5	4
粘土粉进量（公斤/米³）	100	70	50	40

4．使用方便，不受条件限制，不管是电力驱动还是柴油机驱动机台均可使用。它不需附加设备，只要在泥浆泵高压输出管路中接个三通即可。

5．零件少，结构简单，制造方便，各野外队修配间（组）均可加工制作。

三、操作注意事项

1、搅拌器在200升/分泵量下工作，泵压为325公斤/平方厘米，如重复循环搅拌泥浆时，泵压随着泥浆粘度的上升而增高，直径9毫米的喷嘴循环喷射搅拌，泥浆粘度不得大于60秒（漏斗粘度计），否则搅拌器无法正常工作。

2、如泥浆中需要加处理剂时，可在漏斗中加入，然后将原浆再次进行循环搅拌。

3、搅拌器在未工作时应关闭漏斗下部闸门，工作时先开泵送水，然后打开闸门使粘土粉吸入三通混合管内。

4、在漏斗上部要加一个过滤筛，以防大的粘土粉团块堵塞漏斗喉管。

5、受潮或结成大块的粘土粉，不宜使用。

· 45 ·

1978年，朱恒银研发了喷射式水力搅拌器。1985年作为『五小』论文发表在《探矿工程》

第五章 学成归来，不改钻探初心

在钻机岗位上微小创新尝试中遭遇的设计与加工难题，坚定了朱恒银对知识的渴求。从此，他将业余时间从仅有的打牌、下棋、逛田埂的娱乐休闲转向自我提升。他买来有关高中数理化的复习指导书和地质钻探技术、设备丛书，在节假日、轮休日、下班休息间隙，把能利用的业余时间都用来认真看书。他沉浸在书海中，孜孜不倦地汲取着知识的养分。夜晚的煤油灯下，夏天的树荫下，冬天的煤球炉旁，都有他勤勉不辍的身影。

1978年下半年，命运的转机悄然而至。安徽省地质职工大学要在本省招录一批本行业的职工带薪深造。朱恒银一得到这个消息就立即报名。招生文件规定，报考时要先选定专业。当时招考的专业有地质、水文、测绘、岩矿心化验、地质机械、钻探工程、物化探、医务、财会等。填写志愿时，面对众多专业选择，他考虑再三，最终还是选择了最为艰苦的钻探工程专业，这份选择背后，不仅是对自己过往工作经历的不舍，更是对钻探技术革新与设备升

朱恒银（前排右一）1981年与大学同学在野外实习合影

级的强烈信念。对此选择，朱恒银说：“我干这行有事情做，能有用武之地，并且能做出成绩。”

功夫不负有心人，朱恒银最终以优异的成绩通过考试。1978 年 11 月底，朱恒银收到了梦寐以求的录取通知书，那一刻他心潮澎湃，深知这不仅是个人命运的转折点，更是他践行初心、服务钻探行业的新起点。临行前，他跟钻机同事和师傅们告别，他们对朱恒银说走后不要忘记他们。朱恒银面带笑容地跟他们说：“大家放心，毕业后我还会回来的！”

离开单位时，朱恒银还携带着他在野外作业时常用的资料箱。这个资料箱是用岩心箱隔板和传动皮带扣钉拼成的。这个看似简陋的箱子，不仅陪伴他度过了 3 年多的求学生涯，更跨越了 40 余年的时光，至今仍被珍藏在舒城县朱恒银劳模工匠教育基地的展厅内。笔者情不自禁地弯下腰，轻轻打开那古朴、粗糙、斑驳点点的木箱，里面摆放着朱恒银的各种笔记和资料。翻开那些泛黄的笔记本，尽管字迹已略显模糊，书页间还留有岁月的痕迹与虫蛀的印记，但字里行间流露出的那份认真、刻苦与坚韧不拔的精神，依旧让人动容。

3 年半的校园苦读时光，让朱恒银的基础理论知识和专业基础知识得到了飞跃性提升。在校期间，朱恒银做到了 3 个关键词：惜时、坚守、奋进。他不仅刻苦学习基础理论，更对机械制图与设计课程展现出浓厚的兴趣。在参加学校组织的专业野外实习期间，他对钻探设备和技术尤为关注，主动协助钻机师傅维修、拆卸、组装钻机和泥浆泵，通过设备拆卸、组装以了解内部结构、配合关系及作用原理。同时，他细致记录了钻探现场的工艺流程、关键参数以及钻头类型、泥浆性能等，深入分析了这些因素对钻进效率的影响，希望借此机会，把他当钻探工人时那些疑惑一一解开。

临近毕业之际，朱恒银选择了“高分子聚丙烯酰胺在泥浆中作用原理及应用研究”作为毕业论文的选题。他带着这一研究课题，深入安徽省地质局 325 地质队、327 地质队和 337 地质队等单位野外钻机进行试验，有时为了一个数据的准确性和可靠性反复做数十次的试验。同时，把室内试验的数据与野外实际数据进行比较，优化最好的配方和泥浆性能参数并运用到钻探现场，以指导钻探施工。论文经毕业答辩老师评定认为，有理论、有实际、有试验、有效果，图文并茂、论点明确、论据充分，对钻探生产具有重要的应用价值和指导意义。

1982年8月，朱恒银圆满完成了学业，以优异的成绩顺利毕业。站在人生的新起点上，他内心充满了矛盾与挣扎：一方面，他想选择离女朋友工作单位近些的单位，那里不仅工作条件更好，以后也可以照顾小家庭；另一方面，他还铭记着对同事和师傅的承诺，以及对钻探事业的热爱与责任。最终，在分配志愿表上，他郑重填写了“337地质队”，选择回归原单位，继续为钻探事业贡献自己的力量。

朱恒银如约重返原单位，被安排到337地质队4分队，这个分队在淮河北岸颍上县境内。报到当天，正好赶上暴雨天气洪水很大，朱恒银背着行李，大队人事科安排一条木船送他到分队。领导安排朱恒银跟钻机当钻探技术员，身份由原来的技能工人转变为技术员。虽然工作环境变化不大，但承担的工作内容和责任分工却大有不同。

在钻机当技术员期间，朱恒银把在学校所学的知识运用到生产实践中，帮助钻机现场配制泥浆、改进钻进工艺、处理事故、设计钻头结构、保养和维修钻探设备，只要他会的样样都沾手。

当时钻探的任务是寻找地下煤层，所钻探的地层非常松散复杂，500米的孔深，上部有300多米的黏土、砂砾

朱恒银在钻机试验所研发的单点定向仪

层，下部则是煤系地层，钻孔孔壁易坍塌、缩径、抱钻，钻探难度很大，一般情况下钻至地下300米就要下入无缝钢管保护孔壁，才能继续钻下去，一个钻孔需要3个多月时间才能完钻，钻探效率很低。朱恒银见此种情况，分析了工作效率低的原因和需解决的技术瓶颈。他向钻探机长大胆地提出了自己的想法，随后在机长的支持下，将原来施工所使用的粗分散钙处理泥浆，改为高分子聚丙烯酰胺——钾基低固相泥浆，针对所钻地层研究泥浆配方，优选了泥浆性能参数，在钻孔中试验，取得了良好的效果，孔壁坍塌、缩径现象没有了，钻进效率也提高了。朱恒银进一步向机长提出优化建议：“这个孔可不下套管护壁，采用裸眼钻进。”机长听到建议，瞪大了眼睛，面露疑虑地说道：“能行吗？如果失误整个钻孔就要报废。”为了打消机长的顾虑，朱恒银把钻孔试验的测试数据和每个作业班的工作记录拿给他看，胸有成竹地说：“不会出问题，为了整个分队多台钻机工作效率的提高，做一个示范性创新试验也值得！”机长听朱恒银这么说，语气也从犹疑变得坚定：“行！就按小朱你的想法干，我给机台同志开个会，咱们齐心协力把这个试验孔搞好。”

为了确保这个钻孔的工艺创新试验顺利进行，朱恒银日夜坚守在钻机上，对泥浆的配制、性能测试与调整等各个环节都亲力亲为，精益求精。最终，该试验孔打成了。500 米孔深全孔没有下套管护壁，实现了裸眼钻进，工作效率提高了 50% 以上，一个钻孔节约套管费用近 10 万元。该试验孔验收时，机长笑着拍着朱恒银的肩膀说："小伙子干得不错，大学没白上。"朱恒银也露出会心的微笑。随后，这项创新成果在该矿区进行了推广应用。

后因工作需要，朱恒银被调到霍邱县李楼铁矿区。这个矿区产状陡、岩矿石硬，需要进行定向钻孔施工。当时，设计的初级定向钻孔，利用地层的弯曲规律施工钻孔，钻孔轨迹控制兼少量人工纠偏技术。分队组织了一个攻关小组，朱恒银就是小组成员之一。经过攻关小组成员的共同努力，一项项创新成果如约而至……

第一项创新是解决初级定向孔纠斜孔底钻具方向性定位问题，利用钻孔倾斜面的重力原理，设计钟摆式触点单点式定向仪（后起名为 ZD-40 型定向仪）。通过仪器找出钻孔倾斜面与定向钻具母线方向位置关系，并将孔底电信号传至地表，达到孔底纠斜钻具的定向目的。这改变了以前一根根钻杆画定向母线，来确定孔底定向钻具的方向位置的烦琐工序和定向精度差的弊端。

第二项创新是解决了在石英镜铁矿钻进中金刚石钻头"打滑"、钻进效率极低的技术难题。设计了异形唇部结构，采用低胎体硬度和高品级、细颗粒金刚石电镀制造工艺，以减少钻头接触岩心的底面积，同时增加比压力，以降低胎体硬度和金刚石目数，提高钻头的自磨出刃，防止钻头"打滑"。通过该项技术的创新，金刚石钻头和坚硬岩石中钻进效率提高 3 倍以上。

多项创新相继获得成功，其创新成果在行业中进行了广泛推广应用，取得了显著的经济和社会效益。其中有 8 项"五小"创新成果获省部级和国家级的表彰。

在担任技术员的岗位生产实践中，朱恒银深刻体会到：知识唯有用于实践才是推动生产发展的动力。创新无大小，管用就是宝。为一线生产解决难题的技术方法就是"良方"，用创新思维打开技术突破的"闸门"，让一个个"金点子"转化为生产力，让"小创新"发挥大作用。

获奖证书

朱恒银同志　悬吊"ZD—40型单点定向仪"

项目，在第三届全国青工"五小"智慧杯竞赛中获二等奖，特发此证。

共青团中央 中央委员会

国家计委

国家科委

中国科协

一九九〇年五月

全国"五小"活动成果证书

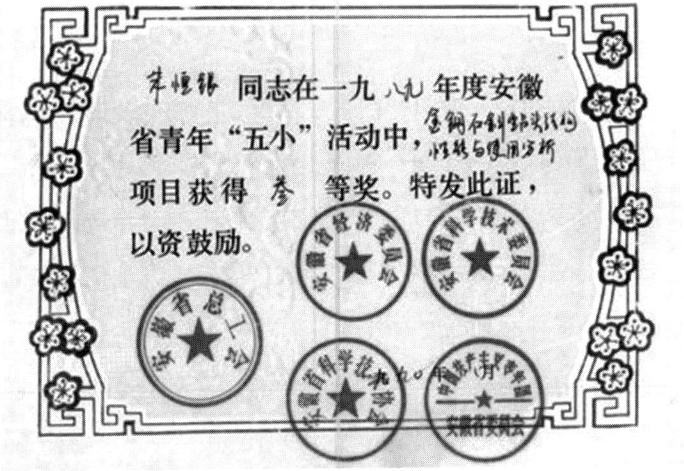

朱恒银 同志在一九八九年度安徽省青年"五小"活动中，

项目获得 叁 等奖。特发此证，以资鼓励。

安徽省总工会

安徽省委员会

安徽省"五小"活动成果证书

第六章 同岗伉俪，相濡以沫

朱恒银和妻子董明珍的人生轨迹，如同两条并行的河流，虽历经曲折，却始终相依相伴。他们共同经历了太多太多。每一次的离别与重逢，都让他们更加珍惜彼此；每一次的挑战与困难，都让他们更加坚定信念。他们用实际行动诠释了什么是“同甘共苦”。

董明珍是随父母在地质队长大的，父亲是地质队钻探工人，母亲是地质队家属，家中兄弟姐妹 4 人，在那个物资匮乏的年代，生活之艰辛可想而知。董明珍的父亲因为国家找矿勘探工作需要，辗转几个地质队，后调入安徽省地矿局 337 地质队，也就是朱恒银的工作单位。1975 年董明珍高中毕业后，从地质队知青下放到当地农村插户，1977 年地质队职工子女内部招工，被召回单位，成为一名光荣的“三八”钻机钻探工人。

朱恒银在钻机当学徒工时，董明珍的父亲正是朱恒银工作钻机的机长。这位机长是部队转业的老兵，认字不多，性情忠厚而行事果断，工作中不怕脏、不怕累，人称“拼命三郎”。他会非常耐心地手把手地传授新学徒钻探操作技能，生活中也会无微不至地关怀他们。有件事让朱恒

2022 年 6 月，六安市文明办为朱恒银夫妇补拍婚纱照

银至今难忘，有一次他发高烧，体温达到39.5℃，一整天没有吃东西，机长知道了以后，立即用拖拉机把朱恒银送到了大队医院治疗，还从家中熬了稀饭送到医院，那份温暖，不仅暖了胃，更暖了朱恒银那颗因早年失去父爱而略显孤寂的心。因工作需要，朱恒银到地质队本部时，机长还经常邀请朱恒银去家里吃饭，渐渐地，他与机长一家变得熟络起来。然而，却很难见到那位“三八”女钻工。有一次，董明珍手指在工作中受伤，回家休息，那是他们第一次见面，她那坚毅而温婉的形象，给朱恒银留下了深刻的印象。

时间如白驹过隙，朱恒银在钻机当学徒工的日子已经过去了两年多。随着与“三八”女钻工董明珍的接触逐渐增多，他们彼此间的了解也在逐渐加深。

1978年底，朱恒银凭借不懈的努力，成功考入了安徽地质职工大学，与此同时，董明珍也顺利进入安徽地质职工疗养院护士学校。由于学业繁重且两地相隔较远，他们很少见面，只能依靠书信传递着对彼此的关怀，虽然双方都没有捅破这张窗户纸，但是那份默契与情愫早已悄然生根。

1981年，朱恒银与董明珍两人即将完成学业，在征得双方家人的意见后，他们正式确定了恋爱关系。1982 年，他们领了结婚证。337 地质队在单位招待所给他们腾出一间房，作为婚房。他们买了 100 元的上海“大白兔”水果喜糖，分给亲朋好友，共同见证这份甜蜜爱情。他们没有办酒宴，只与董明珍的家人一起吃了顿饭，由于路途遥远、交通不便，朱恒银的家人未能到场。他们邮寄给舒城老母亲 100 元钱，以表孝心。

朱恒银的妻子董明珍下放农村（1975 年）

婚后的生活，聚少离多成了常态。1983 年，他们迎来了爱情的结晶——一个可爱的小生命。然而，在这份喜悦之中也夹杂着朱恒银的愧疚，因为在妻子怀孕、分娩的重要时刻，他都未能陪伴在侧。那段时间，是朱恒银在霍邱铁矿李楼矿区进行定向钻探技术攻关的关键节点，他实在难以抽身。董明珍没有责备他，没有给他压力，也没有一句抱怨的话。孩子出生后，她一边在巢湖地质职工疗养院工作，一边照顾孩子，好在她父母能抽空给她帮把手。

1986 年，在组织的关怀下，董明珍被调到朱恒银的单位工作。两人这才结束长达 4 年的分居生活。单位还分配给他们一间卧室和一个厨房，虽然面积不到 20 平方米，却成了他们幸福蜗居的起点。然而好景不长，1987 年，安徽省地质局又把朱恒银借调到安徽铜陵 321 地质队，参加地质部重大科技攻关项目。钻探施工属地下隐蔽工程，地层变化异常，往往会遇到复杂地层坍塌、涌沙、涌水、井喷、孔漏、溶洞等情况，给施工带来很大的困难。钻探如遇到此类地层，只要开钻了，就不能停钻，休息日、节假日都不能离开工地，钻机必须正常工作。因此，有人调侃说："娇女不嫁地质郎，一年四季守空房，偶尔归家来，身背一包脏衣裳。"董明珍也常和朱恒银开玩笑说："这个

朱恒银与妻子、孩子的合影

家就是你的招待所，我就是你的服务员和志愿者。”由于工作的职业性质，朱恒银一年有200多天在野外，工作忙的时候，得3个月或半年才能回去一趟，儿子小时候见到朱恒银，眼中满是陌生与疏离，不愿意让他抱。朱恒银也是真的不会抱小孩，董明珍说：“他抱着孩子的样子就像端着冲锋枪。”

朱恒银自参加工作以来，多个春节在野外度过。当万

20世纪70年代337地质队“三八”钻机女钻工合影

家灯火通明，烟花绚烂绽放，将夜空装扮得如梦似幻时，朱恒银他们却坚守在钻机旁，摸着冰凉彻骨的钻杆。对家人的思念，化作一封封提前寄出的家书或是迟到的电话祝福。也有几个春节，朱恒银把妻子和孩子接到工地一起过年，野外的“家”虽然条件简陋，但一家人的团聚足以驱散所有的寒冷。

董明珍是个性格开朗、任劳任怨、整天乐呵呵的人。她的笑容仿佛春日暖阳，无论是工作的繁忙还是家庭的琐碎，都未曾让这份温暖褪色。她在单位医务所工作，因服务态度好而出名。孩子们打针，就愿意找她打，因为她在打针前会和小孩子互动，先消除他们的恐惧，再将针轻轻推入，以减轻孩子的疼痛感。单位职工不管男女老少，无论何时何地，只要一声呼唤，她便如同守护天使般降临。朱恒银对笔者说：“记得有一个冬天的夜里一点多钟，一阵电话铃声，惊醒了我们，我妻子迅速拿起电话，电话那头传来一位老职工急促的声音，说他身体不适，很难受。她先安慰老人不要急，随即挂了电话，快速穿上衣服赶到这位老职工家，并陪他到单位医务所看病挂吊水，一切安顿妥当，她才回到家中。还有一次除夕夜，我们全家正在吃年夜饭，一阵急促的敲门声响起，打开门一看，是同栋楼住的一名职工，说他母亲头晕呕吐，我妻子立即放下碗筷，拿起家中的血压器，小跑到这位职工家里，并帮着把病人送到医院急诊室……这样的事我在家时就遇到了很多次。”

朱恒银常年在外，进行着艰苦的勘探工作，而家中的大小事，则全由董明珍一人默默承担。孩子的教育、老人的照料……每一项都需她亲力亲为，但她从未有过半句怨言，而是默默地守护着这个温馨的小家。

朱恒银每次从野外回来，把地质包一放，董明珍会习惯性地把地质包打开，掏出脏衣服浸泡清洗，晒干后叠得整整齐齐，再装进地质包中。朱恒银每次回家，她都买一些新鲜的荤菜或把冰箱储存的精品菜解冻，做上一桌丰盛的大餐。儿子说：“爸爸一回来我们就吃这么好，你一走妈妈就好抠门，天天只炒一两个菜打发我。”朱恒银开玩笑地说：“儿子，那以后我天天在家，你就有口福了。”

朱恒银每次去野外工作，离家前董明珍都细心地为他整理行囊，还会给他带上感冒药、腹泻药等常备药物。临行前，她总不忘轻声细语地唠叨几句：“注意安全，不要熬夜，要休息好……”董明珍带着儿子站在门口目送，朱恒银走了几十米后回过头，她们还在，他便招招手，就这样渐行渐远。

岁月如梭，转眼间，朱恒银成长为单位的骨干。他带领团队开拓市场，奔波于全国各地；带领团队搞科研，从天亮忙到天黑。他更没有空照顾自己的小家了。董明珍见到朱恒银卖命地工作，就跟他说：“老朱啊，你这样长期下去，身体受不了。你也得留点时间陪陪我们，儿子已经这么大了，也需要你的陪伴和沟通。”朱恒银听了这话，

2009 年间承担汶川龙门山断裂带科学钻探项目，朱恒银（右四）与团队除夕在工程现场合影

心里酸酸的，没有说话，只是连连点头，但心底那份对工作的热爱与责任，让他深知这是难以兑现的。为了弥补对家人的亏欠，朱恒银会利用难得的国庆假期，带妻子和儿子去北京、无锡短暂游玩，希望以此弥补日常的缺席。

多年来，朱恒银走遍了祖国的大江南北，走遍了安徽的山山水水，参加了多个矿区大型和特大型矿床的勘探工作。每当他在找矿工作上有新的突破，受到奖励和表彰时，朱恒银都会把奖状、奖章拿回家，妻儿脸上的笑容是他最大的慰藉和动力。2010 年，朱恒银荣获全国劳动模范称号；2011 年，荣获地质领域最高奖——李四光地质科学奖；2018 年，荣获"大国工匠年度人物"称号。朱恒银说："这些奖章与荣誉，每一份都饱含着我妻子在背后默默的奉献、支持和牺牲。"

朱恒银与董明珍已携手共度了 42 个春秋，他们的婚姻如同珍贵的红宝石，历经时光洗礼而越发闪耀。两人已步入古稀之年，儿子也已顺利完成学业，成家立业。笔者鼓起勇气，向董明珍提了一个触及心灵深处的问题："阿姨，这些年，朱老师只顾工作，您一个人支撑着整个家，里里外外、风风雨雨，您觉得嫁给朱老师后悔吗？"董明珍轻轻笑道："我们那个年代啊，只要嫁给一个忠厚老实的人，

全国劳动模范奖章

李四光地质科学奖奖章

就没有其他过多的要求了。何况我在地质队长大，也知道地质队的工作性质，我父亲和他是一样的忙碌，我母亲也是这样过来的。”董明珍的话语中透露出一种淡然与坚韧。此时，朱恒银在旁边红着脸低着头。笔者意识到自己的提问可能有些唐突，于是话锋一转，说：“阿姨，朱老师这么多奖章，有您一半的功劳。”董明珍依旧保持着那份平和与谦逊，轻轻地说道：“那些都是他自己努力奋斗出来的，我只是做了妻子应该做的事。"然后，两人相望微笑。这一幕，让笔者深刻领悟到了"相濡以沫"的真谛。他们用自己的方式诠释了爱情与家庭最美好的样子。

第七章 攻坚克难，挥洒热血青春

1982年，朱恒银大学毕业后，怀揣着对地质工作的热爱与执着，响应国家的号召，投身于基层，用智慧和汗水书写着自己的人生。他再次回到淮河岸边的337地质队，直接深入钻探第一线——钻探机台，与工人同吃同住，出谋划策，破解钻探技术难题。他的“五小”创新成果，接地气、实用性强，取得了良好的应用效果，深受工人们的喜爱和称赞。

朱恒银在基层的工作表现得到了领导的认可，

1983年，他被选调到安徽霍邱李楼铁矿区技术攻关组工作。

霍邱李楼铁矿区是霍邱铁矿十大矿区之一，该矿区是石英镜铁矿，矿产状陡（倾角75°~80°），矿层岩石坚硬（硬度可达10~12级），为钻探施工带来了巨大的困难。钻探施工钻孔轨迹顺矿体产状下滑，无法控制，穿矿厚度与真厚度差距甚大，岩矿层钻进效率很低。多年来，该矿区钻探技术均未达到实质性的突破。为了解决这一钻探瓶颈技术，地矿部在“六五”期间，特别开展了“小口径螺杆钻随钻测量定向钻探配套器具及施工工艺研究”科技项目重点攻关。这个项目旨在进行国产小口径液动螺杆钻随钻测量系统、人工受控定向钻探工艺技术等研发，解决地质找矿特殊情况下钻孔轨迹控制科学技术难题。

朱恒银有幸参与了这个重要的科技攻关项目。攻关期间，他不仅接触到了国内外的先进技术，而且在地矿部勘探技术研究所专家的影响和指导下，他的科研思维和研究能力得到了锻炼。他说：“这是我从事科研创新工作的‘起跑线’。”

朱恒银作为项目研究主要人员之一，无论寒冬酷暑，还是风雨冰雪，他都坚守在一线试验现场。在攻克技术难点的关键时刻，他更是 24 小时不间断地看守在钻探机台。对于每一项技术数据和出现的问题，他都会进行详细的分析和记录，并提出下一步的研究和改进方案。

1985 年 1 月，正是数九寒天，朱恒银患上了重感冒，高烧 39℃多，全身酸痛无力，不得不在分队医务室挂吊水。当时他已一天没有吃饭，身体很虚弱，但他仍然无法安心接受治疗。当得知试验钻机准备将螺杆钻及配套机具

1986 年朱恒银研发的定向仪在李楼铁矿现场调试

下孔进行定向钻进试验，现场人手不足时，他当即坐不住了。朱恒银深知这个时刻非常关键，如果稍有疏忽，不仅影响试验效果，还可能造成钻孔事故，使下一步试验无法进行。朱恒银跟医生商量停止挂吊水，并请求离开医院前往试验机台。在他的执意要求下，医生勉强将他的吊水针拔掉，并叮嘱他按时服用感冒药。朱恒银赶忙穿上棉大衣工作服，把药往口袋里一揣，径直奔赴试验现场。经过十多个小时的艰苦工作，试验终于完美结束。然而，由于劳累和寒冷，他的感冒症状加重了，咳嗽不止，并伴有肺

安徽霍邱李楼铁矿区定向钻探攻关项目钻机现场

炎，不得不住院进行治疗。

项目研究试验历经三年时间，完成了全部研究内容，采用自主研发的小口径人工受控定向钻探技术与装备，在霍邱李楼铁矿区首创了国内一组单羽状小口径（Φ59mm）人工受控定向钻孔，解决了该矿区陡矿体无法勘探的重大技术难题。

1985 年底，地矿部勘探技术研究所的专家全部撤离试验矿区，由 337 地质队负责组织后续项目推广应用。朱恒银被单位任命为该矿区定向钻探项目的技术负责人。他带领团队认真总结项目研究的关键技术要点，梳理出存在的问题和需继续改进完善的地方。

在项目推广过程中，朱恒银发现他们研发完成的项目并非尽善尽美，还存在一系列亟待解决的问题：随钻定向测量系统结构较复杂；关键传感器元件都依赖于进口，价格昂贵，野外工人使用、维护难；仪器在垂直孔定向方面的问题还未能得到有效解决；施工工艺和硬岩层分支造斜技术等也需进一步优化和完善。

朱恒银看在眼里，急在心里，为此夜不能寐。为解决这些问题，他查阅了国内外相关资料，却没能找到答案。他多次召集团队人员一起讨论，集思广益，鼓励大家献计献策。终于，朱恒银思考数日后，提出了一种新研究思路和方案：在监测仪器上去繁就简，利用单位废旧测斜仪器进行改造创新，力求实用；在工艺技术上针对生产施工存在的痛点和堵点着手解决，不求高大上，只求用得上。

朱恒银将这一理念付诸实践，在钻探生产一线领衔研发了“JSD-36 型随钻定向仪”。这款仪器在矿区应用中取得了非常好的效果，随后被推广应用于全国多个勘探单位的定向钻孔施工中。后来，这一成果荣获 1992 年度安徽省

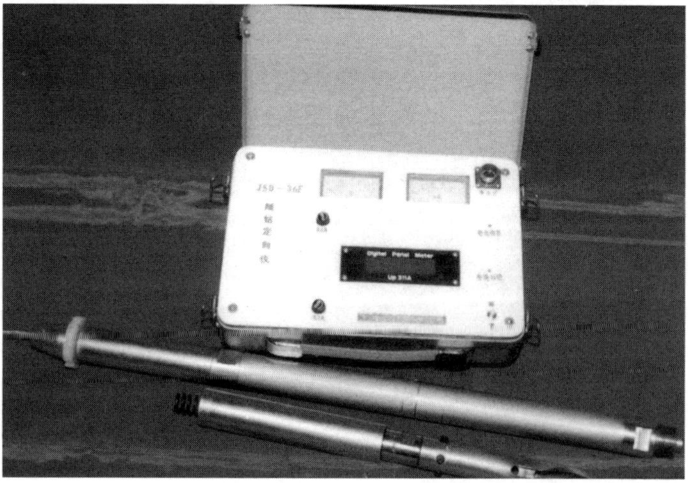

朱恒银研发的“JSD-36 型随钻定向仪”

科学技术进步奖三等奖。

此后，朱恒银还研发了“垂直孔造斜工具面向方位直接定向技术”，突破了垂直孔造斜工具孔底直接定向的世界难题；研发了坚硬岩层条件下“小口径金刚石造斜钻头和分支定向孔施工工艺”，解决了坚硬岩层定向孔分支造斜等技术难题。朱恒银撰写的“关于螺杆钻用金刚石造斜钻头结构性能问题的讨论”和“关于用螺杆钻施工小口径定向孔的若干问题”论文分别在《地质与勘探》以及国内核心期刊上发表，在同行中获得了较强的影响力，起到了技术引领作用；其研发的“造斜工具面向角（安装角）定位图解法”，改变了以往现场人工采用公式计算烦琐且易出错的弊端，实现了定位准确、工人易操作、快捷方便的目标，该方法一直沿用至今。朱恒银真正把论文写在祖国大地上，把创新用于实践中。

朱恒银将所研究的成果率先在安徽霍邱李楼铁矿区推广应用，突破了该矿区陡矿体坚硬岩层多年来无法勘探的技术瓶颈。在该矿区勘探出了 3 亿多吨的石英镜铁矿储量，取得了 3000 多亿元的潜在经济价值和社会效益。

由于小口径人工受控定向钻探技术在国内的重大突破，朱恒银的专业技术水平和研究能力有了较大的提升。

1987年初，朱恒银接到安徽省地质局的借调令。他把相关工作交接后，离开了熟悉的霍邱李楼铁矿区，奔赴铜陵安徽省地质局321地质队，参加地质部"七五"重点攻关项目"安徽铜陵冬瓜山铜矿深部矿体勘探定向钻探技术方法研究"。

安徽铜陵冬瓜山是特大型铜矿区，矿体埋藏深，一般都在地下1000米左右，地层复杂，钻孔轨迹控制难，矿区勘探阶段网距布置密，钻孔施工精度无法达到要求，因而勘探工作举步维艰。在此情况下，地矿部和安徽省地质局把该矿区的勘探技术方法研究列为"七五"重点攻关项目，并组成了"安徽铜陵冬瓜山铜矿深部矿体勘探定向钻探技术方法研究"项目攻关组，简称"攻关组"。攻关组是由从安徽地质局系统抽调的技术骨干组成的。攻关组所研究的内容针对性和目的性很强，主要围绕矿区技术的重大需求进行，主要在小口径深孔钻孔轨迹三维立体设计、高精度的控制、一孔多分支定向孔施工工艺技术等方面进行创新性研究。朱恒银是攻关组的核心成员之一，主要负责把"六五"期间定向钻探成果和经验应用于其中，并围绕矿区技术的重大需求进行创新性的研究。

项目攻关试验中，他们设计了一组多分支示范性人工受控定向钻孔。该组钻孔深度为 1000 米，在主干孔 600 米至 800 米孔深处进行分支，分支孔向 360° 不同方向分支，钻孔轨迹穿入矿层靶区半径需小于 12.5 米，钻孔口径为 Φ60 毫米。历经两年的不懈研究与不断试验，攻关组在铜陵冬瓜山铜矿区施工了一组 1 个主干钻孔、6 个不同方向伞形小口径人工受控定向钻孔，平均中靶精度在 5 米以内，最高为 0.5 米，6 个分支钻孔跨越了 3 个勘探线。这项成

“七五”期间，铜陵冬瓜山铜矿深部矿体定向钻探研究项目与安庆龙门山矿区定向勘探现场

果不仅解决了该矿区勘探精度无法控制的技术难题，更在实际的应用中取得了显著的经济效益。一组钻孔节约钻探工作量 50% 以上，减少了孔位移搬迁次数，降低了对地表土地和山体的破坏，节约了青苗的赔偿和搬迁费用 70% 以上。该项成果的研究成功，首创了小口径 1 个主干钻孔、6 个全方位伞形人工受控定向钻孔的国内纪录。

在“六五”“七五”期间，朱恒银所参与的“小口径螺杆钻随钻测量定向钻探配套器具及施工工艺研究”和“安徽铜陵冬瓜山铜矿深部矿体勘探定向钻探技术方法研究”分别获得了地矿部科学技术进步奖一等奖和成果奖二等奖。

1989 年，朱恒银荣获地质矿产部成果奖二等奖

朱恒银作为我国小口径人工受控定向钻探技术的领

跑者，将研究成果先后在安徽铜陵冬瓜山、大团山、安庆龙门山、滁州琅琊山、霍邱等大型矿区进行应用，同时将研究成果推广至全国。在这些矿区的实际应用中，该项研究成果解决了陡矿体、异形矿体、地面障碍物下部矿体无法勘探等技术难题。据估算，其潜在价值高达千亿元。

朱恒银说，在安徽滁州琅琊山铜矿勘探的经历让他记忆深刻。琅琊山铜矿位于滁州市城区，始建于1958年，是具有几十年开采历史的国有老矿山。由于矿山井下多年的开采，600米以内的浅铜矿资源已逐渐枯竭，急需寻找深部接替资源。然而，该矿区因地面建筑林立，地下巷道网交错而无法布置钻机钻探。矿山企业自身想了多种办法也未能成功，也曾找了一个地勘单位施工，却因多种原因无法施工下去而告终，就这样，矿山深部勘探工作搁置了多年。朱恒银得知此事，与矿山企业进行了沟通，在详细了解情况和勘查矿区环境后，朱恒银胸有成竹地表示："可以采用人工定向钻探技术解决深部勘探问题。"朱恒银提出的设计方案是，在矿山区域寻找地面稍空旷的地方，见缝插针，打破以往地质勘探布孔思路，设计人工受控定向钻孔以避开地表障碍物及地下开采巷道，凭借一孔多分支来实现深部勘探的目的。

设计方案确定审批之后，朱恒银带领团队采用人工受控定向钻探技术，并针对复杂地层采用先进的施工工艺和取心技术。第一组孔钻进近1000米深度，在600多米深度就陆续见到铜矿体，当工人们取出了黄烁烁的矿心时，大家都激动得热泪盈眶。该矿区经过两年多的钻探施工，在深部勘探出10万吨储量的铜钼矿体，解决了资源接替重大难题，延长矿山开采年限约30年。这一创新设计不仅解决了该矿区的资源接替问题，更为其他类似复杂地质条件的

在琅琊山铜矿区，为解决矿山深部钻探找矿难题，2006年陈毓川院士（右三）与朱恒银（右一）在钻探现场交流指导

矿区提供了可行的解决方案。

从 1983 年开始，朱恒银相继参与了地矿部“小口径受控定向钻探技术研究”等科技攻关项目，在 1000 米深度钻孔中施工出多分支羽状孔、全方位伞形孔，首创国内地质勘探 1 个钻孔中分支 6 个不同方向的钻孔，实现了地下钻孔轨迹“导航”钻进。这项技术先后在安徽铜陵冬瓜山铜矿区、安庆龙门山矿区、滁州琅琊山铜矿区、霍邱铁矿等大型矿区进行应用，并在全国进行了推广应用。同时，该项技术还应用于水库大坝安全监测、矿山尾砂充填、救援、瓦斯抽排、盐田开采等领域钻探中。至今，该项技术仍处于全国领先水平。

朱恒银将研究成果推广应用于生产，取得了巨大的经济和社会效益。他深有体会地说：“小口径人工受控定向钻探技术的研究，攻坚克难，开启了我的创新之路。在生产中发现痛点、堵点，是创新的源泉。只有把科研成果应用于实践，才能体现真正的社会价值。”

第八章 直面低谷，渡难关谋发展

20世纪90年代的中国，正值经济转型的关键时期，由于国家对产业结构进行调整，全国的地质勘探单位步入“低谷”期，地质勘探任务锐减，曾经繁忙的工地变得冷冷清清，职工们无事可做，面临着前所未有的生存挑战，就连工资发放都成了难题。

朱恒银知道“等、靠、要”不是办法，这位和钻探打了十几年交道的老钻探人，在深思熟虑之后，做出了一个改变自己和团队命运的决定：利用钻探技术研究的成果优势，带领团队成员组建特种钻探工程处（简称特钻工程处）。朱恒银任特钻工程处主任。他心中有清晰的理念——“突破行业壁垒，走跨行业服务之路”。他要将地质钻探技术的应用范围从传统的地质勘探扩展到更广阔的领域，包括城市建筑工程基础勘查、建筑基础处理、矿山特种工程、地质灾害防治、地下水资源勘探以及各种地下监测孔等。

“创业”之初，朱恒银还精心策划了两个“时髦”的广告语：小孔、大孔、深孔、浅孔、无孔不入（彰显了特钻工程处全面的钻探能力）；高楼大厦从我起，基础坚固百年大计（任何高楼基础都必须进行地质勘查，唯有基础坚固，才能承载百年，体现建筑基础的重要性）。这两句广告语不仅朗朗上口，更准确地传达了特钻工程处的核心价值和服务理念。

朱恒银组建了特钻工程处后，又主动承担起了天南海北开拓市场的职责。对于闯市场的艰辛，朱恒银至今还记忆犹新。有一次，他从安徽六安出差去广东东莞，为了节约经费舍不得乘火车卧铺，而是搭乘简易大巴，带上馒头、咸菜和水，昼夜兼程。结果途中遇到堵车，折腾了40多个小时才到施工场地，下车时，脸和腿都浮肿了，人

“胖”了一圈。

朱恒银闯市场的第一个项目是广东东莞盐矿探采结合的钻探工程。该工程设计为一组两个钻孔，单孔深1000米，要求钻孔口径大，全孔采取岩心，施工精度高，工期短，工序繁多，且地层复杂。钻探盐矿采卤孔，对朱恒银来说还是第一次，他感到压力很大。他为此自编写钻孔施工技术设计，历时七天七夜，每天只睡两三个小时，一周下来，身体疲惫不堪，而他的努力和付出也得到了回

朱恒银在广东东莞盐井固井施工现场

报，设计方案一次性通过了项目建设方及专家评审。

在施工过程中，朱恒银亲力亲为，根据地层情况设计加工不同结构的取心钻头和扩孔钻头。朱恒银对笔者说："施工最为头痛的是钻进盐矿层时，盐层溶解取心难，孔壁超径厉害，致使施工进程缓慢，还会造成钻孔坍塌埋钻事故。"针对这一施工痛点，朱恒银带领现场技术人员研制了高分子聚合物低固相饱和盐水泥浆配方，并在使用过程中实时监测泥浆的波美度（盐水泥浆滤液的浓度）变化情况，及时调整泥浆性能。新的泥浆配方，使用效果很好，泥浆在孔里循环中既保护孔壁又不至溶蚀盐矿层和盐矿心，实现了钻孔高效、高质的安全钻进。

为了确保工程的顺利进行，朱恒银白天一整天都坚守在施工现场；夜晚只要得知钻探施工有困难，他也会第一时间赶到现场指挥解决，不敢有丝毫的懈怠。经过近两年的精心施工，一组探采结合的盐矿采卤井顺利完工。钻探工程的取心、扩孔、下管、固井、井斜等各项技术指标完全达到设计要求，被建设方评定为优质工程。这一项目的成功，不仅为特钻工程处赢得了良好的声誉和市场口碑，更为他们后续承接更多大型工程项目奠定了坚实的基础。此后，他们又承担了广东龙归盐矿区多口采盐卤水井的钻探施工任务。

在随后的几年里，朱恒银带领特钻工程处又陆续承担了上海市地面沉降监测与防治研究施工项目、上海市三维城市地质调查、地震断层剖面勘探、上海市浦东国际机场外高桥造船厂、磁悬浮铁路、东海大桥等国家重点工程沉降监测标孔的施工。

进入21世纪，朱恒银利用手中精湛的钻探技术，承担了上海市地面沉降监测表与地下水回灌井施工项目。为了攻克上海市地面沉降防治难题，他参加了由上海市地质调查研究院牵头的“上海市地面沉降监测原理与施工技术研究”项目组，做了大量的理论研究和实践检验工作。从2000年至2003年，朱恒银带领特钻工程处在上海完成了30000余米钻探工作量，累计完成地面沉降监测孔300余个，基本建立了上海市地面沉降监测网络。该成果于2004年通过上海市科学技术委员会组织的专家组验收鉴定，并颁发了成果证书；同年，由朱恒银作为主要研究人员之一，所完成的“上海市地面沉降监测标技术与重大典型建筑密集区地面沉降防治研究”项目，获得了国家科学技术进步奖二等奖，该项目成果推广至长三角地区，为地面沉降监测与控制作出了重大的贡献。

2002年，北京市地质局地质调查研究院承担“北京市地面沉降监测网建设”国家重点项目，北京市地面沉降监测标钻探施工难度大，基岩标最深为1000多米，且地层为流砂层和卵砾石层较多，他们一直在寻找一个技术过硬又有施工经验的施工队伍。经多方调查，他们慕名找到了朱恒银。委托事宜很快谈妥，朱恒银随即带领特钻工程处北上进京，承担“北京市地面沉降监测网建设”地面沉降监测标组的施工任务。

上海市城市地质研究华亭地面沉降监测标组竣工验收会

施工期间，正赶上2003年“非典”疫情盛行，给施工带来诸多不便。每个工地都要求全封闭式施工管理，在北京天竺野外工地，朱恒银他们围挡了一个院子，搭建了活动住房，工人们一天两次病毒测试，食物和施工材料全由专人派送。整整4个月的时间，工人们没有出过院门。压抑、恐慌、思乡……这些情绪在工人们心中蔓延。在这种特殊环境下，朱恒银深知，稳定人心是战胜一切困难的前提。他经常给工人们做思想工作，用实际行动传递着信心

1996—2005年，朱恒银带领团队承担的上海市和北京市地面沉降监测工程

和力量。在他的带领下，特钻工程处攻克了深孔砂层，卵砾石层取心、扩孔、钻孔护壁、孔斜、下管和固井等技术难题，圆满完成了施工任务。建设方在惊叹之余，也不禁对这支队伍给予了高度评价："你们真正具备了特别能吃苦、特别能战斗、特别能忍耐、特别能奉献的'四特别'精神。"

朱恒银系统地总结了地面沉降监测标孔施工的特殊技术，通过深入的实践探索和理论提升，撰写了"地面沉降监测标孔施工技术研究""地面沉降监测标结构设计及施工技术要点探讨""控制地面沉降回灌井施工技术研究"等多篇有引领价值的论文，在国内专业核心期刊上发表，将该技术向全国推广。

在朱恒银的带领下，特钻工程处凭借着国内领先的定向钻探技术和良好的信誉，迅速在激烈的市场竞争中崭露头角。朱恒银他们南下广州，北赴首都，东进上海、浙江，西挺鄂北，中守南京，在中国每一座城市都留下了坚实的足迹和辉煌的业绩。朱恒银和他的团队以精湛的技艺和不懈的努力，成功打造出了属于自己的特色品牌。他们冲破了行业的壁垒，承担了众多城市建筑基础桩的施工工程、大型矿山的尾砂充填孔和冷冻孔、水库大坝加固注浆工程，解决了一个又一个重大工程技术问题。

多年在市场的摸爬滚打，使得朱恒银的特种钻探技术炉火纯青，名声大噪，市场钻探工程应接不暇。有市场工程，有活干，就可摆脱单位的困境，职工收入就能得到保障。他所带领的特钻工程处恢复了工资的正常发放，年中和年终还有一些绩效奖金。一位职工感慨地说："感谢朱主任带领我们走出了困境，不然我们上有老、下有小，生活真的无法过下去。"朱恒银说："都是大家共同艰苦奋斗的结果，大家还要继续努力！"他还语重心长地说："历经寒冬的人，才懂得春天的温暖，从逆境中走出来的人，才知道生活的不易。"

朱恒银带领职工仍奋战于全国各地，利用特种钻探技术优势，承接大家不敢做的高难工程，以特色在市场上站稳了脚跟。在单位经营发展的低谷期，朱恒银带领特钻工程处累计为单位创造了数亿元的经济效益，多次被安徽省地质矿产局授予"最佳效益奉献先进个人"称号。

回忆那段低谷期，朱恒银说："有的同事选择了调出地质队；有的同事停薪留职自谋职业；有的辞职下海利用自己的专业技术干个体。经过几年的发展，他们中也有不少人成了千万乃至亿万富翁。当时，我也有机会调出单位

朱恒银（右二）在广东白云机场龙归盐矿施工现场

朱恒银在安徽电力大厦基础工程施工现场

或自己单干，但我没有如此选择。”当然，也有人对朱恒银说：“你怎么这么傻？当年如果你也走出去单干，像你这样有特殊技能在手的人，现在也会有数千万元的个人财富。”对此，他只是淡然地笑笑说：“每个人想法和追求不同，所选择的也不一样，我现在也生活得很幸福呀！”

那段低谷期的经历，使朱恒银深深体会到——人生中总会遇到高潮和低谷，就看如何去面对，生活不是等待风暴过去，而是要学会在风雨中跳舞。在困难面前，只要有勇气和毅力，敢承担，抵得住诱惑，不迷茫，终能在风雨过后见阳光。

第九章 创新无坦途，攀登无止境

2006年，《国务院关于加强地质工作的决定》的出台如同一缕春风，让地质找矿工作迎来了崭新的第二个春天。在新一轮地质找矿的热潮中，“攻深找盲，摸底探边”成为重点。探索深部矿体，钻探技术是关键。然而，当时我国地质找矿深度仍在1000米左右徘徊，钻探装备及其工艺无法满足要求。从国外进口的车载式钻机，不仅价格昂贵，而且不适用于国内山区、农村道路。“我们要学习国外的先进技术，但必须符合国情需求”，朱恒银倡议，自主研发适应我国深部钻探需求的特色钻探装备。2007年底，他申报了“深部矿体勘探钻探技术方法研究”项目，并于2008年通过了安徽省国土资源厅立项评审，由他作为首席专家主持承担该项目，科研经费达1200余万元，这也成为安徽省有史以来最大的深部找矿科研项目。2009年，该项目被列入安徽省重点科研攻关项目。

该项目主要目的是为提高深部矿体勘探速度、勘探靶区精度、地质成果的正确性提供技术支持。其主要任务是通过钻探装备机具的研发、钻探方法、取心方法、钻孔护壁、高效长寿命金刚石钻头等技术研究，解决深部钻探关键装备能力和钻进效率问题；通过钻孔轨迹动态监控技术研究，解决深部钻探钻孔轨迹控制及陡矿体、异形矿体、地表障碍物下部矿体勘探技术难题；通过钻孔摄像及定向取心技术在深部找矿中的应用研究，进行钻孔地质信息采集工作，解析在单孔中岩矿层多种参数，以指导深部找矿。

朱恒银作为该项目的首席专家，深感自己的责任重大。他全身心地投入项目中，还专门成立了项目创新研发团队，借用外脑招才引智。项目聘请了多位院士和国内知名探矿、地质、机械专家作为技术顾问，对项目进行全程技术指导。同时，他们还与中国科学院武汉岩土力学研究所、中国地质大学、中国地质装备公司及多家生产厂家建立了密切的合作关系，以便共同攻克技术难关。

朱恒银将所有的时间和精力都投入科研项目中，没日没夜地写方案、搞设计。每当夜幕降临，万籁无声时，他会独自坐在电脑前，浏览国内外最前沿的钻探技术和工艺，寻找灵感的火花。他说："夜深人静时，才是我创新灵感最活跃的时刻，甚至有很多科研难题是躺在床上琢磨出来的。"他办公室的灯光，常常亮到深夜 12 点。在他简

朱恒银 2008—2010 年承担的安徽省重点科技攻关项目"深部矿体勘探钻探技术方法研究"试验现场

陋的办公室里，除了手提行李箱，还摆放着工作服、安全帽、深筒胶鞋等装备，这些是他随时准备出发、前往野外解决技术难题的“战备物资”。

然而，科研的道路从来都不是一帆风顺的。在项目研究的过程中，朱恒银和他的团队遇到了一个又一个的难题。为了验证一个机具的可靠性，需下入孔内试验几十次。他们所研发的深孔高强度绳索取心钻杆，开始下入孔内钻进试验，钻到孔深 1500 米时，钻杆折断和脱扣事故

朱恒银（左二）领衔承担的安徽省重点科技攻关项目“深部矿体勘探钻探技术方法研究”，常印佛院士（右一）莅临现场指导

频繁，钻机工人怨声载道。如果钻杆问题解决不了，项目就无法向下实施。朱恒银因此心急如焚，他召集研发团队研究分析产生问题的原因，最终找出了问题的根源——主要是钻杆接头刚性太强、脆性大、与钻杆体刚性差距较大，钻杆单根定尺长度短、钻杆柱的柔性差、钻杆接头丝扣抗拉能力不足等。针对这些问题，他们进行了设计整改和性能参数的重新测试，并在深孔中进行了多次试验。最终，钻杆的缺陷问题得到了圆满的解决。朱恒银说："项目研究的课题内容必须做到发现问题及时修改、完善、再研究、再完善，在生产中反复试验验证，方能推广应用，容不得半点的马虎。"

"深部矿体勘探钻探技术方法研究"项目在朱恒银的带领下，经过4年多的攻坚克难，顺利地完成了结项工作。

项目研究成果是丰硕的。

研制的分体塔式全液压动力头钻机，集成了国内外岩心钻机成熟的先进技术，并进行了创新设计：钻机综合了全液压动力头钻机钻进效率高、立轴式钻机起下钻速度快等优点，形成了分体塔式动力头钻机总体结构设计；采用单排绳大卷鼓主绞车、卡盘与顶驱式两用动力头、钻进参数自动检测和视频显示操作工作等实施方案，使钻机具有布局合理、结构新颖、机械化程度高、可靠性和适用性好的特点。

优选国产新型钢材研制的 H、N 两种规格绳索取心钻杆，通过改进管体及接头的热处理和表面处理工艺，采用不对称锥度梯形螺纹、负角度倒钩扣及双头螺纹等创新性的设计理念，提高了钻杆的强度、柔韧性和耐磨性，解决了钻杆的防脱和密封问题，满足了钻探 3000 米孔深的施工

安徽省科学技术奖
证书
为表彰安徽省科学技术奖获得者，特颁发此证书。
项目名称：深部地质找矿岩心钻探关键技术
奖励等级：一等奖
获奖者：朱恒银
安徽省人民政府
2016年1月20日
证书号：2015—1—R1

「深部地质找矿岩心钻探关键技术」获得安徽省科学技术奖一等奖

要求。

研发的钻孔设计与轨迹动态监控技术，形成了一套集钻孔弯曲规律分析、初级定向孔设计、钻孔轨迹定位、三维定向钻孔轨迹设计、地质柱状图、钻孔结构图、钻孔轨迹三维动态显示等功能于一体的软件系统。通过钻孔设计与轨迹动态监控技术研究及软件开发，使计算机更进一步应用于深部钻探优化设计、钻孔轨迹动态监控、数据处理、钻孔质量控制和钻探资料档案管理中，为探矿工作者提供帮助和技术支持。

研发的钻孔摄像及定向取心技术，围绕我国深部找矿中钻探领域的技术难题，开展了智能型深孔数字式全景钻孔摄像系统研究，取得了具有重要技术价值的成果，成功解决了单孔中确定岩矿层产状、结构面及矿脉延伸方向的预测难题，实现了 360° 孔壁数字成像和无缝拼接、高清晰度虚拟钻孔岩心图像显示，具有孔中信息传输与数字分析处理功能。

研发的电动恒压岩心打印器和岩心定向测量系统，实现了微电机恒压钻进，通过液体压力自动平衡，保证了微钻电机密封性能，通过定向处理系统实现了岩心标记方位的测量。

研发的深部钻探工艺技术系统，解决了复杂地层取心、不扰动样取心、钻孔护壁、坚硬地层钻进等技术难题。

……

以上这些成果不仅解决了深部钻探中的诸多技术难题，还极大地提高了钻探效率和勘探精度。其中，利用自主研发的装备技术，在安徽霍邱铁矿深部找矿勘探项目中，钻探深度达 2706.68 米，首创我国岩心钻探小口径绳索取心最深纪录，2010 年入选全国钻探工程“十大新闻”。

2010 年，朱恒银带领团队首创国内深部地质找矿 2706.68 米最深纪录

项目研究成果获得国家专利 5 项，其中 3 项为发明专利，获得国家计算机软件著作权 1 项。研究成果由安徽省科学技术厅组织的专家进行了验收评价，评审委员会专家一致认为其成果达到国际先进和国内领先水平，将我国地质找矿深度从 1000 米推进至 3000 米，为深部找矿提供了重要的技术支撑。

然而，对朱恒银来说，这些成果只是他科研道路上的重要里程碑。他深知，地质找矿的道路还很长。当年有记者采访他问道："朱教授，这个项目获了大奖，这就意味着画了圆满的句号，以后您有什么目标和打算呢？"朱恒银不假思索地回答道："我们实现了突破 3000 米的孔深，但对地球来说只是皮毛，探索深部资源和地球的奥秘，任重而道远。我的目标就是继续向地球深部进军，为寻找深部资源及地质科学研究作出自己应有的贡献。"

2015 年，朱恒银又提出了"页岩气勘探钻探关键技术方法研究"，被列入安徽省科技攻关项目。该项目于 2017 年结题验收，主要研究贡献为以下几点：

一是研发了大直径加重管组合绳索取心钻具，改变了大直径薄壁绳索取心钻杆加压方式，具有良好的防斜效果，同时降低了环空循环压降。

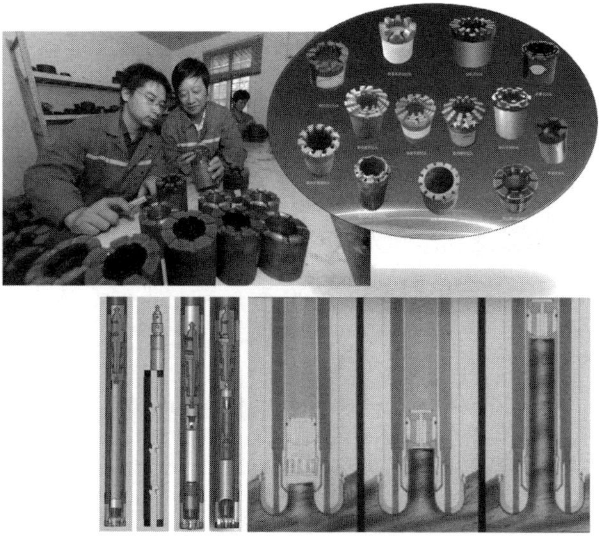

朱恒银带领团队研发的适用于不同地层钻探的取心钻头和机具

朱恒银带领团队承担了安徽庐枞、江西赣南深部探测科学钻探，四川汶川地震断裂带科学钻探等国家重点科研施工项目

二是研发了绳索密闭取心钻具及密闭液，实现了深孔不提钻密闭取心，减少了页岩心气体外泄，避免了钻井液对岩心的污染。

三是研制了适用于低转速条件的大直径厚壁金刚石取心钻头，解决了坚硬岩石钻进效率低及厚壁钻头寿命短的难题。

四是研发了低密度、低失水钻井液体系，满足了大直径绳索取心钻进工艺需求，具有良好的生物降解性能和环保效果。

项目共获国家发明专利 2 项，实用新型专利 3 项，在国内核心期刊上发表论文 6 篇。其研究成果在安徽省皖南、淮南、淮北及全国部分省和矿区页岩气勘探和煤层气勘探中进行推广应用，取得了显著的社会和经济效益。首创国内大直径加重管绳索保气密闭取心 2328.18 米孔深纪录，入选 2016 年全国探矿工程“十大新闻”。

攻坚不畏难，只要肯登攀。朱恒银结束这个科技攻关项目，接着又谋划新的研究项目，向更高峰攀登。

2016 年，《国土资源“十三五”科技创新发展规划》明确了未来五年国土资源科技创新发展的总体思路、发展目标、主要任务和重大举措，提出“十三五”期间要以深地、深海、深空为主攻方向和突破口，构建向地球深部进军、向深海空间拓展和深空对地观测的国土资源战略科技新格局。“三深”领域的发展目标：形成至2000米深部矿产资源开采、3000米矿产资源勘探成套技术能力，储备一批5000米以深资源勘查前沿技术。

朱恒银紧贴国家深部资源能源勘探开发的重大需求，于2019年提出的“5000米新型能源勘探智能钻探装备与技术”被列入安徽省科技重大专项。在这个项目中，他担任项目研发首席专家，再次开启了科技创新的新航程。

此时，朱恒银已年过花甲，本该是享受天伦之乐的年纪，但他的心中却燃烧着不灭的科研之火。他得到了安徽省的“特殊照顾”——延迟退休年龄。朱恒银带领团队夜以继日地奋战在科研一线，用实际行动诠释了“老骥伏枥，志在千里”的豪情。

作为项目首席专家，朱恒银以产学研用紧密结合模式，组织了项目研究团队，确定精细的研究思路和方案路线，构建以地面装备智能化、钻孔监测透明化、钻进技术多维化的“三位一体”科学研究体系，聚焦深部钻探装备与技术瓶颈开展研究。

项目研发了国内地勘行业首台5000米钻深多功能智能

钻探装备，为深部资源勘探提供了“行业重器”。

基于内 / 外双钻进系统结构设计和低转速金刚石钻头碎岩理论，项目研发了多功能高效复合钻进技术，填补了国内空白。

项目研发了全孔全程钻进监测技术，攻克了深孔高温、高压、磁干扰条件下，孔底参数随钻采集，无线传输及泥浆性能自动监测等重大技术难题。

项目研发了“孔—地”一体多元参数判识、分析、预警、决策钻进系统，实现地质钻探透明化。

项目共获得国家专利 26 项，其中发明专利 8 项，计算机软件著作权 6 项，发表论文 12 篇。国际首创技术 1 项，国内首创技术 6 项。研究成果在安徽及全国 10 余省 50 多个矿区推广应用，在深部找矿、页岩气、煤层气、油气、干热岩、深部地下水资源勘探、矿山特种工程等领域推广应用，取得了良好的社会和经济效益。其研发的产品，出口至俄罗斯、白俄罗斯及非洲等国家和地区。

项目通过安徽省科学技术厅组织的多名院士及行业专家进行的验收评价。专家评价认为，项目成果总体达到国际先进水平，部分达到国际领先水平。项目成果实现了 5000 米深部资源勘查钻探技术装备从无到有；地质钻探实现了自动化减人，推动了智能化无人作业的技术发展，成果入选自然资源部重点推广技术，引领和推动全国深部资源勘探技术的高质量发展。该项目研究成果于2024年荣获安徽省科学技术进步奖一等奖。

朱恒银向笔者滔滔不绝地介绍项目研究成果，脸上露出了自豪的笑容。他说："搞研究项目要能坐得住'冷板凳'，还要将板凳从'冷'坐到'热'。"

这种对科研事业的执着和热爱，却让他的家人常常提心吊胆。2021年6月，他带领两名研究生去河南商丘进行泥浆性能多参数自动监测仪的试验工作。试验工作结束后，由于连续多日的劳累和旅途奔波，朱恒银到家后便感到身体不适。刚吃完午饭，他开始全身大汗淋漓，胸闷喘不过气来。他的妻子董明珍判断他可能心脏出了问题，便立即拨打了120，把他送入急诊室。医生初步诊断为心肌梗死，必须马上做手术。幸运的是，由于发现及时、救治得当，他最终脱离了生命危险。事后，医生说："幸亏发现得早，不然后果不堪设想。"而朱恒银躺在重症监护室的病床上，眼看天花板，心里想的却是——自己承担的科研项目还未结题，如果就这样走了，真有点遗憾。

朱恒银的病情稳定后便转入普通病房，由于惦念着研究项目之事，于是他让妻子拿来笔记本和纸笔，坐在病床上写起了项目结题科研报告提纲，董明珍看得又好气又好笑。同病房的病友不禁惊叹：“这老同志真敬业！”

朱恒银的研究创新之路，体现了一个地质人追求卓越、锲而不舍的新时代工匠精神。在他的办公室里，笔者

朱恒银（合影照第二排右五）作为首席专家带领团队承担了安徽省科技重大专项《5000米新型能源勘探智能钻探装备与技术》

看到一幅字："上天不易，下地更难，初心如钻，使命在肩。科学无坦途，只要敢履崎岖路，就能匠心筑梦，勇攀高峰。"朱恒银说："这两句话，一直激励着我。"

第十章 打造金刚钻，敢揽瓷器活

地质钻探属隐蔽工程，地质工作者犹如一位深邃的探险家，手持着精密的“窥视镜”，缓缓揭开地球内部的神秘面纱。在这个过程中，人们能了解地下地质构造、矿物、油气层埋深及储存量、地下水文地质、古地质演变情况等；同时，还可以通过钻探孔通道进行各种监测，比如地震、地面沉降、地下水位、地下污染等。然而，在这场与地球的对话中，工程师往往面临着复杂多变的地层挑战，如地层松散、破碎、坍塌、掉块、涌水、漏水、溶洞、岩石软硬不均、产状陡立等，这些不仅增加了施工难度，也对钻探技术和设备提出了更高的要求。

没有金刚钻，很难揽瓷器活。多年来，朱恒银在国家重大项目和特殊钻探工程领域方面，利用自己高超的技术展现了新时代工匠精神。

朱恒银给笔者讲述了一个又一个攻坚克难，最终圆满完成的施工项目。讲述起那些往事时，他的眼中闪烁着坚定与自豪，但背后的艰辛却鲜为人知。

在安徽省淮河支流地区，许多大型水库始建于 20 世纪 50 年代，随着岁月的流逝，这些运行多年的坝体需要进行安全监测，以观测大坝坝体安全位移情况。这是一项垂线孔施工技术，对用于观测的钻孔垂直精度要求非常高。

1993 年，安徽响洪甸水库大坝有一倒垂孔施工项目遇到了难题，曾有一个施工单位在此进行施工，忙了近 3 年却以失败告终。事后，大坝管理部门找了很多单位，都因施工精度要求太高望而却步。1995 年，大坝管理处慕名找到了朱恒银。朱恒银毫不犹豫地接受了挑战，并胸有成竹地立下军令状——"若不成功，分文不取"。在施工过程中，朱恒银也遇到了种种技术难题，但都一一克服。他采用独特的垂直钻探技术，实行跟踪控制钻孔垂直精度，使得百米钻孔水平位移控制在 2.5 厘米以内。当孔钻进到 32 米处时，钻头遇到了前施工单位遗留的钢管，导致孔斜超差，朱恒银与团队成员一起设计了一种微量纠斜器、垂直钻孔监测装置和特种灌浆固井装置，把这一难题解决了。最终，他们保证了该孔达到预定孔深、成孔有效净径完全满足甲方技术要求。为此，安徽省电力局特地在响洪甸水库召开了现场会，庆贺该项目圆满成功。

这个工程技术的突破，也为其他水库大坝的安全监测

朱恒银（右一）在水库坝体垂线孔施工技术研究成果鉴定会上汇报

提供了宝贵的经验。1999年，朱恒银主持安徽省科研项目"水库坝体垂线孔施工技术研究"，先后在安徽省陈村水电站、佛子岭水电站、磨子潭水电站、梅山水电站、响洪甸水电站展开研究推广应用，解决了水库大坝安全监测重大技术难题。朱恒银和他的团队还在研究中发现了垂线测量短路具有很高价值的技术现象，对国内乃至国际上垂线孔监测精度的提高起到重大作用。该项研究成果通过专家鉴定，国土资源部资深探矿专家刘广志院士、河海大学吴中如院士均评价认为，其成果为水库坝体监测位移提供了科学依据，达到国内领先和国际先进水平。此后，该成果在全国推广应用。

2003年7月2日，酷暑笼罩，大地炙热。上海外滩董家渡地铁四号线地面塌陷事故现场，两座8层大楼发生沉降和倾斜，降入地下两层深度，近在咫尺的黄浦江防护堤和20层高的税务大厦也面临严重威胁，形势十分严峻。多支施工队伍迅速集结，投入这场抢险战斗中。然而，由于缺乏有效的抢险方案，初次抢险行动未能取得预期的成果。在这危急时刻，参与指挥抢险的上海市地质调查院院长陈华文，猛然想起来一支施工队伍。

次日中午，正在广东某工地组织施工的朱恒银，接到

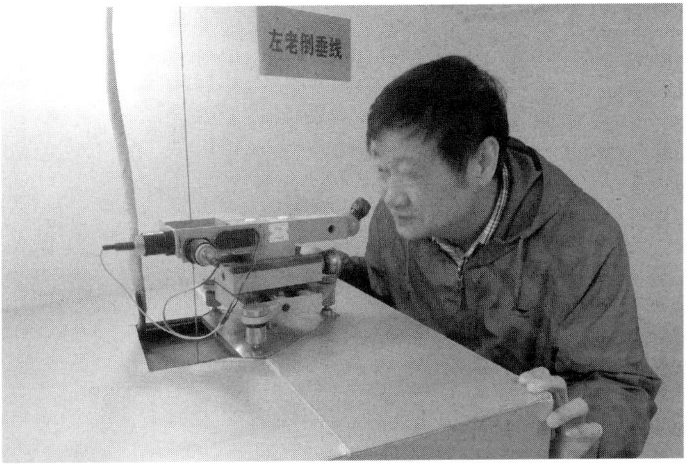

2020 年，朱恒银回访响洪甸水库大坝在位移监测现场观察

上海市地铁四号线隧道重大塌陷事故抢险工程现场

了陈院长的求援电话。险情就是命令。平日里不急不躁的朱恒银，此时神情格外严肃，他迅速分析了抢险不力的技术原因，果断提出抢险施工方案和措施，并立刻通知在浙江嘉兴和安徽六安本部的施工技术人员停止作业，火速抵沪参加抢险。当天晚上 8 时和第二天中午，两路施工队伍先后赶到事故现场，朱恒银也乘飞机赶到上海，根据拟定的施工方案，投入紧张的抢险战斗中。

朱恒银他们冒着高温酷暑，吃住在工地上。凭借着先

安徽新闻

2003 年 7 月 25 日 星期五

5

上海地铁四号线发生重大事故后：

安徽地质“神兵”急驰救援

铜城：公职律师出现

上海市地铁四号线隧道重大塌陷事故抢险工程新闻报道（报纸剪影）

进的技术手段和正确的施工工艺，从地表钻穿了一个又一个通向地铁内涌砂段的控制流砂的灌浆通道，采用灌浆措施遏制了地面继续沉降的险情。经过与上海地调院的密切合作和10个昼夜的紧张施工，朱恒银和他的团队出色地完成了主要地段的抢险任务，向上海市人民交出了一份满意的答卷。朱恒银他们因此被媒体称为安徽地质“神兵”。

朱恒银说，金刚钻需经磨炼而锐利，唯有匠心睿智，方能攻克瓷器活。

2004年3月，朱恒银带领着他的团队承接了南京师范大学委托的“江淮下游新生代晚期环境变化研究”钻探项目。施工地点位于江苏省泰州市兴化周庄，这里地层条件复杂，钻孔所揭示的地层从上到下依次为耕土、腐殖土、淤泥、黏土、砂层、砂砾夹层、砾卵石层和第三纪砂砾岩，属较典型的特殊地层。校方要求钻探施工采取不扰动岩心样，全孔岩心采取率90%以上，且保持岩心的原状结构，无扰动和污染。为保证工程质量要求，南京师范大学派出两名研究生进驻机台，实行24小时质量监控。

朱恒银为此自行设计研制了两套取样钻具，经百余次试验，解决了在特殊地层中采取不扰动岩心样技术难题。由于钻探原状样取心技术的突破，最终钻孔深度达到

754.76米，全孔原状不扰动岩心样采取率高达97%，钻孔终孔顶角仅0.90度，为地学研究提供了可靠的实物资料。这一工程经双方现场验收，被评为优质工程。南京师范大学萧家仪教授紧握着朱恒银的手，感激之情溢于言表："谢谢你们，若不是你们把地下岩心原状样取出来，我们的研究项目就难以完成。"

两年后，南京师范大学再次邀请朱恒银带领团队，在湖北省神农架地区晚第四纪环境研究课题中，承担钻探施

朱恒银带领团队承担南京师范大学“江淮下游新生代晚期环境变化研究”原状样取心项目现场

工任务。钻孔取样布置在原始森林中的沼泽地，同样处于特殊地层。朱恒银带领团队施工三眼钻孔，平均不扰动岩心样采取率达95%，各项技术指标完全满足研究要求。

朱恒银还在工作实践中完成了“特殊地层取心（样）机具及施工技术研究”项目。这一项目在2007年通过了安徽省科学技术厅鉴定，认为研制的“特殊地层钻探取心（样）机具”及配套的施工工艺，可满足不同条件下的取心（样）要求，所取岩心（样）大大高于现行规范规定的标准，解决了松散地层采取不扰动原状样的技术难题，可在环境科学钻探、城市三维地质、地震断层剖面取样中推广应用，取得了良好的社会、经济及技术效果，实现了我国钻探取样技术的一次飞跃。其中“松散地层原状样取心钻具”和“松散地层井管角解卡装置”获国家专利。他设计的“三重管原状样取心钻具”和“射吸式单动双管取心钻具”两种类型钻具及配套取心（样）特殊钻头，具有结构新颖、使用简便、取心（样）可靠的特点，具有先进性、创新性和良好的适用性，该项技术成果均达到国内同类技术领先水平。

2008年“5·12”汶川大地震后，国家正式启动“汶川地震断裂带科学钻探”项目，旨在通过钻探对岩心、岩屑和流体样品进行多学科观测和研究，揭示汶川地震断裂带的深部物质组成、结构和属性；恢复汶川地震过程中的岩石行为、流体行为、能量状态与破裂过程以及逆冲断裂发震机理。在完成钻探后，在钻孔内安装地震探测仪器，建立了中国深孔长期地震观测站，为未来地震监测和预警提供基本数据。

2009 年，朱恒银带领团队承担了汶川地震断裂带科学钻探三号孔施工任务。那时的汶川，到处是残垣断壁，满目疮痍，建筑、道路交通、通信设备大多被破坏。钻探设备进场时，全靠人工抬上山。无电无水，全靠自己解决，住的是临时搭建的简易工棚。驻地无信号，要想给家人打电话报个平安，工人们不得不爬上山顶寻找信号。

2010 年 8 月中旬，因连续降雨，施工工地上游山谷的小堰塞湖被山洪冲垮，电缆被当场冲断，配电柜被冲走，驻地房屋进了水。幸运的是，工人们当时在上夜班，他们及时发现并撤离了危险区域，逃到了山顶避险。在黑暗和雨中等待了漫长的一夜后，天终于放晴。工人们迅速添补器具，恢复供电，重整复工。

科学钻探三号孔布置在四川汶川龙门山地震断裂带上，所钻地层历经多次强烈地震，岩层支离破碎，地层应力大，易造成钻孔缩径、坍塌、涌水、漏失等情况，属国内外罕见的复杂地层。钻孔钻进至1175.40米处与1186.77米处均发生了重大孔内事故，处理数月，进展缓慢，一时举步维艰。面对复杂的地层和困难重重的施工环境，另一个承担某个钻孔的施工单位选择了终止合同，退出了施工工地。

而朱恒银则是大胆果断地做出抉择：无论如何，也要钻下去，啃下这块硬骨头，绝不能做逃兵！他带领团队冒

2010年3月，朱恒银带领团队在汶川地震科学钻探三号孔取出的不扰动岩心原状样

汶川地震科学钻探三号孔项目施工现场

汶川地震断裂带科学钻探三号孔开钻仪式专家及施工人员合影

着 4 ~ 5 级余震的危险，重整士气，攻克了极其复杂的地层钻进、大直径取心和高应力下钻孔护壁等一系列技术难关，克服了重重困难，确保了岩心的原状样和 94.6% 的岩心采取率，实际钻进深度超过原设计孔深的 1200 米，达到了 1502.30 米，高质量地完成了施工任务，因此受到了中国地质调查局的高度评价和表扬。

从事地质勘探工作，就是挑战未知，只有把埋藏在地下的实物岩心取出来，才能揭示地壳的真实面貌。朱恒银回忆起这些昔日的故事时，若有所思地感慨道："任何一件事的成功，都不是一蹴而就的，都是经过长期的知识与技术沉淀才能获得。只有用汗水累积智慧，勇于面对和战胜困难，才能砥砺前行，只有做好今天，才能梦想明天。"

第十一章 勇于担当，甘于奉献

朱恒银坚守野外一线地质勘探工作近半个世纪，从20岁的青春年华到70岁的古稀之年，青丝变白发，时光带走了青春的容颜，留下了岁月的痕迹。朱恒银说：“一辈子从事地质钻探工作，虽然辛苦，但也有很多的乐趣。”在他看来，能够为国家的地质勘探事业贡献自己的力量，是一种无上的荣耀，也是一份沉甸甸的责任。

朱恒银从小就知道分担家庭的责任，放学后经常帮助妈妈拾柴、挖野菜、做手工。父亲病重卧床时，他毫不犹豫地承担起照顾父亲的责任。他童年的经历充满了苦涩与挣扎、泪水与汗水、疼痛与成长。他在人生的初期就体会到了生活的艰辛和挑战，但这也磨炼了他的意志和品质。每当回忆起那些日子，朱恒银的眼眶总会不由自主地湿润。

从小到大，朱恒银都展现出一种难得的责任感和甘于奉献的精神。下放到农村，面对艰苦的生活环境，他没有怨天尤人，反而以一颗爱心对待周围的人和事。招工离开农村时，茶林场把他劳动所得的工分值折算成 100 多公斤的粮食让他带回家，他却主动要求将这些粮食交给茶林场集体。方国福老书记说："这是你劳动所得，你老母亲她们在家生活也很艰苦，带回去给她们吧。"朱恒银却很执着："我已跟母亲说过了，她非常赞成我的想法，她还请我带话，感谢乡亲们对我的培养和关怀。这点粮食就算是一点心意，留给大家。"

参加工作后，在单位困难阶段，朱恒银没有选择逃避，而是挺身而出，勇于担当。由于朱恒银刻苦学习，善于钻研业务技术，20 世纪 90 年代初就被地质部破格提升为教授级高级工程师。当时，一些大城市的建设热潮如火如荼，急需人才。此时，许多同行单位向朱恒银抛出了橄榄枝，以优厚的待遇邀请他加入，比如上海和广东地质勘查单位和研究单位以月薪万元，可以解决全家户口和一套住房为条件，邀请他调入。而当时的朱恒银所在的313地质队处于低谷期，每月只能发200元的工资。朱恒银不想因自己的离开给单位造成损失，更不想让那些与自己并肩作战多年的同事陷入困境，在这种个人利益与集体利益相冲突的情况下，朱恒银选择了留下。他放弃了个人高收入及更好发展的机会，选择继续留在单位，带领同事闯市场

1985年，朱恒银（前排右二）在霍邱铁矿区定向钻探攻关现场，利用吃午饭的间隙指导工人

共渡难关。

朱恒银说，自己所取得的一切成就都离不开单位的支持和培养。在他看来，做人要懂得感恩，不能一味地追求个人利益。他说："是单位培养了我，我所取得的技术成果也是依托单位给我提供的平台。为社会多做一些贡献意义更大，更能体现人生的价值。"朱恒银常以江苏省华西村吴仁宝老书记所说的话自勉："家有黄金数吨，一天也只能吃三顿；豪华房子独占鳌头，一人只占一个床位。"正是这种朴素而深刻的人生观和价值观，让朱恒银在困境中坚守信念，在诱惑面前保持清醒。

钻探是一项非常复杂的工程，过去有人曾说钻探施工是七分运气、三分技术，指钻探的地层是钻探施工成败的关键。朱恒银却颠覆了这种认知，他在承担工程时，首先要对地下地层进行详细的了解，对复杂地层进行评估，然后根据地层的复杂程度研究对策精心设计，同时对可能出现的情况预留解决方案。施工过程中，他严把每一个关键技术节点。钻探发生事故时，朱恒银都会 24 小时守在机台，直到事故解除了才去休息。钻机正常施工时，他手机 24 小时不关机，一旦有事，不管是深夜还是恶劣天气，都会毫不犹豫赶到现场。朱恒银说："钻探一个钻孔，少则几十万元，多则百万元、千万元。责任重大，我不敢懈怠，因为报废一个钻孔会给国家或企业造成巨大损失。”朱恒银46年坚守野外地质钻探第一线，设计施工千余个钻孔，累计向地球钻探约50万米，创造了没有一个报废钻孔的奇迹。

1996年，朱恒银带领团队承担上海市地面沉降标孔施工任务。当年10月，上海市地质调查研究院为测试朱恒银团队的技术水平和能力，在上海浦东三甲巷海边设计一口直径50厘米、350米孔深的水文供水井，请朱恒银团队施工，这口井上部全是水吹沙填海地层，下部地层也是沙砾石层，含水丰富。当施工至200多米孔深时，因地表塔基地层液化，整个钻机塔座下沉，钻塔发生倾斜。团队经过紧急处理，勉强维持了施工的继续，但接下来的一系列孔内事故仍然让每个人都倍感压力。然而，朱恒银始终保持着冷静和镇定。在每一次的孔内事故中，他总是能迅速地找到问题的关键，并带领团队成功解决。

然而，更大的挑战还在后头。当钻孔即将完成，准备下井管时，钻机塔底座的海沙液化问题让整个团队陷入了困境。钻塔底座工字钢悬空，根本承受不了约150吨钢制井管和钻杆的重量。如果按照常规方法下井管，会造成钻塔倒塌、井管及钻孔报废重大事故，损失巨大。为此，朱恒银彻夜难眠。他反复思考着解决方案，并最终提出了一个创新的方案：将钻塔内钻杆移出塔外，井管中花管（滤水管）以上实管安装单向阀浮力塞，花管以下的沉淀管下入孔底作为支撑，改变常规下井管的方法，以减轻钻塔负荷。这个方案得到了团队成员的一致认可。

钻孔成井的关键时刻，朱恒银在施工现场坚守一天一夜。经过多日的奋战，他们终于把这口井顺利完成。经抽

1996 年，朱恒银（左一）带领同事在上海地面沉降工地施工

水试验，各项质量指标完全符合设计要求，被建设方评定为优质工程。

在工程验收后，朱恒银长长地松了一口气："这口井我们如果失败了，要赔偿近百万元的经济损失，我们的声誉也会因此受到严重影响。在上海也站不住脚，只好打道回府了。单位正处于极度困难时期，那不是雪上加霜吗？"

通过这一工程他们打出了品牌，以过硬的技术实力赢得了上海市地质调查研究院的信任和好评。从此以后，他们在上海扎下了根，一干就是近 30 年。

1996 年盛夏，朱恒银在办公室加班编写设计

2004年，朱恒银团队承担了南京师范大学委托的“江淮下游新生代晚期环境变化研究”取原状样工程，开始取样并不顺利，设计的取原状样钻具存在缺陷，取出的样品不能完全满足研究要求。工程一度陷于停工待研究状态。

此时，朱恒银积劳成疾，生病住院，进行了一次小手术。因现场施工不顺，南京师范大学项目组的两位教授着急，就到六安中医院朱恒银住的病房探望，并说明了来意，希望朱恒银能尽快解决眼前的难题。朱恒银表态说：“我到现场去看看。”他找到了医生商议，先出院几天，事情办好了，再回来住院、拆线。医生说：“这样有风险，如果刀口线崩开了就麻烦了。”病床旁的朱恒银妻子也劝他说：“你不要命啦，再忙也得出了院再干！”朱恒银对医生和妻子说：“不要紧，小手术没什么大不了的，我会注意的，你们放心吧。”

最后，朱恒银还是说服了医生和妻子。他与两位教授一同驱车600多公里，赶往江苏泰州的兴化周庄工地。朱恒银半躺在车上，脑子里想的全是现场施工的细节和方案。到达现场后，经过一周的努力，他终于解决了关键的技术问题。回到医院，医生当即检查刀口线，还好没有出现问题，感叹道：“你真是少见的工作狂。”

朱恒银的确是“忘我的工作狂”。他对工作的热爱和追求，已经超越了常人的想象。为了一个成果的推广，他常常废寝忘食，孜孜不倦。1986年春节放假期间，为了编写《定向钻进技术规范》，且不打扰家人过年，他躲在不到10平方米的小厨房内，在煤炉旁写完了“规范”的草稿。这份“规范”1993年正式出版颁布，成为行业的国家标准，对推动我国地质岩心定向钻探技术的应用与发展起到了重要的作用。

朱恒银在工作中很少留有遗憾。而在生活中，他却处处都是遗憾，他最大的遗憾就是没能见母亲最后一面。母亲含辛茹苦地把他抚养成人，当朱恒银终于学有所成，投身到自己热爱的事业中，并准备好好对母亲尽孝时，生活却跟他开了一个残酷的玩笑。母亲因病倒下，而此时的朱恒银，正处在研究项目攻关的关键节点上，离家几百公里之遥，交通不便。他心急如焚，未能及时回到母亲身边尽孝，连母亲最后一面也未见到。当得知母亲离世的噩耗，匆匆赶回家时，他的心仿佛被撕裂，愧疚与痛苦交织在一起，让他久久难以释怀。

笔者问朱恒银：“您从事地质钻探这个职业后悔吗？”他斩钉截铁地回答：“我没有后悔过，现在已把这个职业当作一种享受和乐趣，难以割舍。”谈及自己对工作的理解，他深有体会地说：“一辈子做好一件事。说起来简单，但真正做起来却并不容易，它需要用一生的时间去坚守。困难面前不躺平，责任面前敢担当，甘于沉潜，耐得住寂

1986 年春节，朱恒银在家里厨房内（不到 10 平方米）完成了行业国家标准《定向钻进技术规范》初稿的编写

寞，耐得住清贫，不计较得失，做事做人但求无愧于心。"

朱恒银的话语中充满了对工作的热爱与执着。他用实际行动诠释了"择一业终一生"的信念。他始终将"拼"和"干"两个字铭记于心，把每一件小事都做到最好，把每一个细节都追求到极致。他相信，只要这样坚持下去，总有一天能够聚沙成塔，微光成炬，照亮自己前行的道路。

第十二章 技艺传承，育人育心

在旧时，工匠技艺的传承主要依靠家传和师徒相传的方式。这种传承方式相对保守，有时还存在“传男不传女”的观念，且师傅往往会“留一手”，以确保徒弟不会超越自己。这种传承模式主要是为了维持家族生计和传承家族技艺，因此，技艺的保密性被看得非常重要。

然而，随着时代的进步，新时代的工匠技艺传承已经发生了显著的变化。现在，技艺的传承更加注重团队精神，以师带徒的方式成为主流。这种传承方式旨在培养德技并修的高素质技能人才，强调技能的社会价值和对国家发展的贡献。

朱恒银说：“地质钻探需要掌握多学科的交叉技术，涉及面广，向地下钻探，地层变化异常、错综复杂，且具有隐蔽性和风险性。钻孔施工的成败体现了钻探经验和技能水平。即使实现了钻探工程智能化，也需要以往实践中所获得的大量数据及经验作为支撑。因此，钻探技能不能光学理论知识，要多实践多总结，师徒传承在地质工作中显得尤为重要。”

技艺的传承不仅是技术的传递，更是文化的延续和精神的传承。朱恒银 20 岁时被招工到地质队，从钻探工开始干起，在老钻探师傅们手把手地言传身教下，从门外汉逐渐成为钻探的“行家里手”。他不仅学会了钻塔安装，钻机、水泵维持，钻探机具组配乃至钻进操作，钻孔事故处理等钻探技能，更从老一辈地质人的敬业精神和工作作风中受益匪浅。

周锐斌是钻探高级工程师，20 世纪 60 年代初毕业于南京地质技术学校，一辈子从事地质钻探工作，是地质部劳动模范，也是把朱恒银领进“钻探门”的师傅。周锐斌工作认真负责、任劳任怨，到野外钻探工地时总随身带着一个笔记本，遇到的问题、处理方法以及宝贵经验都会清清楚楚地记下来。当时，没有电脑和投影仪，他就在办公室墙上挂了一块黑板，用来记录一周的工作计划和待解决的有关技术难题。对于钻探出现的孔内事故，他都会在黑板上给大家画图讲解，分析事故原因、孔内事故状态及处理方法。朱恒银说："周锐斌师傅的敬业精神和工作作风，对我影响较大。他是我的良师益友。我的钻探技艺创新，正是在周锐斌等老一辈地质人的传承基础上不断发展壮大的。"

若干年后，朱恒银从青年步入中年、老年，从学徒工

2016 年 11 月，朱恒银团队在安徽省地质钻探工程技能大赛中取得团体一等奖

成长为技术骨干、教授级高级工程师。他也成了新一代地质人心中的灯塔，为团队中的年轻工程师们照亮前行的道路。在地质勘探现场，人们经常会看到这样的场景：身穿红色工作服、手戴油斑点点的白手套、头戴橙红色安全帽的朱恒银，用手指着摊在工作台上的设计图纸给身边的年轻人讲解设备、机具结构及工作原理；在钻机旁给他们示范操作要领和安全操作注意事项；在办公室里给年轻技术

2021 年 4 月，朱恒银（左一）主持承担的省科技重大专项研发的井底工程参数测量仪器在山西临汾进行井下试验

人员指导如何编写施工技术设计、施工竣工报告、项目研究立项书、项目研究报告等。

朱恒银团队中的青年工程师刘兵深有感触地说："朱老师的工作态度非常严谨，给我们审查设计和报告时，每一个数字、标点符号都要一一核对，电脑打字时的个别错别字我们检查多遍未发现，经他审查都能发现。他不允许我们对有关技术问题使用华丽的文字修辞和不切实际的评价。相反，他要求我们用准确、简练的语言描述技术问题，实事求是地反映现场情况。不仅如此，朱老师在工作中也以身作则，追求技术上的精益求精。对于一些关键的技术节点，他总是亲自到现场，不放过每一个细节，重要的设计和技术报告都是他亲自写。我记得有一次编写关于页岩气勘探钻探技术设计报告，连续熬了几个夜班后，大家都疲惫不堪。到了半夜 12 点，朱老师还精力充沛地奋笔疾书，见我们几位年轻人熬不住了，叫我们回去休息，但他不走我们哪好意思走呢。朱老师已是年过花甲的老人了，他的敬业精神深深感动了我们。"

"80 后"高级工程师王强向笔者讲述了"一枚功勋卓著的钻头"的故事。王强说："我手中拿的是朱恒银老师送给我的他珍藏了 30 多年的一枚定向钻探用的金刚石钻头，可以说，上天入地，下海登极，人类四大科技梦的实现，都离不开这样一枚小小的钻头，它是破碎孔底岩层的锐利武器。钻头虽小，却蕴含着大学问。1983 年，在霍邱铁矿区，朱老师为了解决钻探施工中的技术难题，带领技术人员从钻头结构、钻头配方以及制造工艺等方面进行了上百次的试验，最终研制成功，这个钻头与定向钻进器具相配合使钻孔在地下拐弯，实现钻孔轨迹的导航钻进。这枚小小的钻头是朱老师他们老一辈钻探人勇于创新、精益求精的工匠精神的结晶。钻头无言，前进不止。这是我最珍贵的'传家宝'，我要把这种精神永远地传承弘扬下去。"王强手捧着这个小小的钻头，它虽然锈迹斑斑，却从地表到地心，"钻"出了深度，"探"出了高度。每一次的旋转，每一次的深入，都代表着对技术的执着和对创新的追求。

"根之茂者其实遂，膏之沃者其光晔"这句话恰如其分地描述了朱恒银对人才和技术的态度。他深知，有茂密的树根，才能结出丰硕的果实；有充实的灯油，才会有明亮的灯光。同样地，良好的平台和环境是技术进步与人才成长的必要条件。

在安徽地质矿产勘查局的支持下，朱恒银于 2009 年底在 313 地质队创建成立了"安徽探矿工程技术研究所"。

朱恒银（左二）在给青年工程师传道授业

朱恒银（左一）带领青年技术人员在钻机生产厂家进行技术指导

这个研究所不仅是一个技术研究的场所，更是一个培养人才的摇篮。在这里，朱恒银设立了“四室一厅”，包括定向钻进研究室、泥浆研究室、钻头及机具研究室、综合研究室以及成果推广应用展示厅。这些研究室不仅为钻探技术研究提供了坚实的后盾，更为培养高技术人才提供了广阔的舞台。

2016年，朱恒银又成功创建了安徽省自然资源厅的“安徽深部钻探技术及应用实验室”。通过这个平台，朱恒银带领年轻人针对深部钻探关键实用技术与装备进行研究与创新，促进钻探技术的持续发展。

后来，朱恒银将“安徽探矿工程技术研究所”和“安徽深部钻探技术及应用实验室”合称为“创新平台”。创新平台在朱恒银的领导下，健全和完善了各项管理制度，如学习培训制度、研讨制度、人才培养交流制度、课题管理制度、经费管理制度、考核与奖惩制度、团队人员岗位职责、创新工作目标与计划等。朱恒银说：“各项管理制度的建立与实施，促进了创新平台的运行科学化、管理规范化，充分发挥了创新平台的人才培养优势和作用。”创新平台的搭建，不仅让职工的创新热情有了用武之地，更增加了职工交流、学习和传帮带的氛围和机会；有助于为安徽培养高技术的钻探工程技术人才，实现钻探技术、装备、人才的全面发展，从而引领全国钻探技术的发展。

自 2010 年以来，朱恒银单位的职工在岗位上不断创新，硕果累累。获得国家专利 30 余项（其中发明专利 8 项），计算机软件著作权 8 个。利用创新平台，朱恒银争取研发经费 1500 余万元，承担了国家及省部级研究项目和重大施工工程 10 余项，其研究成果分别入选 2010 年度、2012 年度、2015 年度、2016 年度、2021 年度全国探矿工程“十大新闻”。朱恒银团队所研究的成果不仅在安徽进行推广应用，而且在全国其他 10 余个省市和地区进行了推广应用。据不完全统计，创新成果应用中完成地质找矿和科学钻探总工作量约 200 万米，施工钻孔约 1400 个，产生了巨大的社会和经济效益。

朱恒银所带领的 40 余人团队，在传承和发展中砥砺前行。培养了钻探教授级高级工程师 4 人，高级工程师 8 人，工程师 10 余人，研究生 6 人，钻探机班长 20 余人（其中 6 名技师，2 名省部级能工巧匠，1 名全国钻探技能大奖赛银奖获得者）。1 人获全国创新争先奖，2 人获安徽省政府津贴，1 人入选安徽省学术与技术带头人，1 人入选安徽省学术和技术带头人（后备人选），1 人获江淮工匠标兵，

朱恒银（前排左二）给青年技术人员讲授深部钻探技术相关知识

朱恒银（右三）带领团队所承担的“深部矿体勘探钻探关键技术研究”项目荣获安徽省科技进步奖一等奖

1 人获江淮工匠，2 人获安徽省五一劳动奖章，1 人获中国地质学会野外青年地质贡献奖——金罗盘奖。团队成员在安徽省钻探技能大赛上分别获得一、二、三等奖，名列全省前茅，深部钻探技术处于国内领跑地位。

当今社会，技术的进步日新月异，而精神的传承却常常被忽视。然而，在朱恒银的带领下，一个团队不仅在技术上崭露头角，更在精神传承和人才培养上走出了自己独特的道路。

朱恒银深知，人才的培养并非一蹴而就，而是需要分层次、因人施教。他说："工人技能型、施工管理型、技术研究型等，不同类型的人才培养目的和侧重点不一样，但是都有一个共同的目标，那就是使他们都能成为单位和企业的骨干、拔尖人才，为报效国家作出贡献。"对于刚从学校毕业招聘到单位的年轻人，朱恒银有着自己独特的教育方法。他首先强调的是做人的重要性，培养他们有正确的人生观和价值观以及爱岗敬业精神。在此基础上，再教导他们如何做事，引导他们具备"钉钉子"精神、创新意识和激情。

朱恒银不仅善于培养人才，更十分珍惜和爱护人才。他还乐于给年轻人牵红线、搭鹊桥，让他们在感情上得到归宿。他成功为团队中4位青年找到了心仪的伴侣。如今，这4位青年均已成为单位的中坚力量，为团队的发展贡献着他们的力量。“80后”高级工程师张正说：“我大学毕业后，被招聘到313地质队，分配到探矿所朱老师手下工作，有一段时间想调回老家江苏一个矿山企业。朱老师知道我的想法后，找我谈话，他语重心长地说：‘小张，你在大学里学的专业是探矿工程，如果放弃了专业，很可惜，希望你慎重考虑，探矿所是让你有用武之地的地方。’听了朱老师的话我犹豫了，暂没有把调动申请交到单位人事科。一周后，朱老师在本单位给我物色了一个对象，后来，我就把对象变成了爱人，结婚生子，现在家庭很幸福。朱老师一直关心我的成长，他还把我推荐到中国地质大学读在职研究生。我还提前晋升了高级职称，并获得了省五一劳动奖章、江淮工匠等荣誉。我对朱老师的感激之情，真是无法用言语来表达。”

朱恒银所领导的团队中，相继有4名年轻大学生报考了在职研究生。朱恒银担任他们的企业导师。

在职称晋升及个人待遇上，朱恒银总是竭尽所能地为年轻人提供条件并积极争取，以激发他们的工作积极性和热情。有一位长春地质技校毕业的中专生叫蔡正水，

1995 年毕业后就跟朱恒银在一起工作，朱恒银把他从钻探工人培养成为机长、技术员、工程师、教授级高级工程师。从工程师直接破格升至教授级高级工程师，他也是安徽省唯一的特例。工资待遇从工程师 9 级一次跳跃到教授级高级工程师 4 级，一次提档了 5 级工资。

钻探行业的专家见到朱恒银说："老朱，你培养的人才，真了不起，个个都有出息。"朱恒银笑着回答："都是他们自己努力干出来的。"

朱恒银（左二）与研究生王强在研究长效高寿命金刚石钻头

朱恒银（左二）在给研究生讲解钻机创新设计

眼看着创新平台的年轻人逐步成长为独当一面的行业精英，笔者问朱老师有什么感想。他说：“一个人的能力是有限的，一个人难挑千斤担，但众人能移万座山，如果把个人的经验和技术传授给更多人，汇聚大家的智慧，就能发挥强大的力量，推动行业技术持久地发展。”

第十二章 诲人不倦，弘扬『三个精神』

习近平总书记深刻指出：“劳模精神、劳动精神、工匠精神是以爱国主义为核心的民族精神和以改革创新为核心的时代精神的生动体现，是鼓舞全党全国各族人民风雨无阻、勇敢前进的强大精神动力。”新时代新征程，要大力弘扬“三个精神”，推动在全社会形成劳动光荣、技能宝贵、创造伟大的时代风尚，调动激发亿万职工群众在高质量发展中建功立业，汇聚起全面推进强国建设、民族复兴伟业的磅礴力量。

朱恒银始终坚持践行和弘扬“三个精神”。他于2010年11月在313地质队创建了“劳模工匠创新工作室”，成为安徽省首个劳模工作室。2014年被安徽省总工会命名为“朱恒银劳模工匠创新工作室”，同年被中国能源化学地质工会命名为“示范性劳模创新工作室”，2019年被三省一市（江苏省、浙江省、安徽省、上海市）长三角联盟命名为“长三角联盟劳模创新工作室”，2020年被中华全国总工会命名为“全国示范性劳模和工匠人才创新工作室”（以下简称创新工作室）。创新工作室，由全国劳动模范和大国工匠朱恒银领衔，由313地质队探矿所技术人员、技能工人及先进职工组成，约30人。创新工作室主要是充分发挥劳模工匠引领作用，打造企业先进团队精神，激发职工的创新性和创造活力，创建一支学习型、知识型、技术型、创新型、专家型职工人才队伍，以增强企事业单位竞争力。

创新工作室不仅是职工交流、学习和创新的平台，也是弘扬“三个精神”的开放式展馆，一个能够触动人心的学习之地。展馆占地面积约1000平方米，设有钻探科普厅、创新成果厅、劳模工匠事迹展示厅及图片展示画廊、报告厅等。展示钻探科普实物150余件，挂图50余幅，科普短视频 3 部；展示劳模工匠精神事迹实物证书、奖章、论文等约 200 件，挂图 30 余幅，事迹介绍短视频 5 部；展示劳模工匠团队创新成果实物及专利样品等 100 余件，创新成果和重大工程实例挂图 60 余幅。

2022 年，创新工作室被安徽省科学技术协会授予安徽省首批科学家精神教育基地和地质科普教育基地。朱恒银说：“我们创建的全国示范性劳模和工匠人才创新工作

朱恒银（后排左三）给皖西学院暑期实习团讲课

室已成为安徽省具有特色的亮丽名片，在全国地质勘探行业中具有很大的影响力。全国很多地勘单位慕名来参观学习。"据313地质队管理人员介绍，每年这里都会迎来全国各地的中小学及大专院校学生、地勘单位及企事业单位职工、群众、党政干部等2000余人次。如今，朱恒银的创新工作室已成为六安市学习模范、弘扬"三个精神"的打卡点。

创新工作室团队成员刘兵兼任讲解员，他每次接待参

朱恒银（前排左一）给青年讲解地质科普知识

观学习者，都会详细地介绍每个展厅的内容——讲述地质钻探技术的古往今来；讲述朱恒银带领团队多年来的创新成果和承担的国家重大工程实例和贡献；讲述朱恒银劳模工匠精神事迹。参观者都表示受益匪浅，朱恒银的事迹感人至深，是他们的学习榜样。在这里不仅让他们学到了知识，更让他们明白了什么是真正的劳模精神和工匠精神。学生参观后会竖起大拇指：“大国工匠真了不起，获得那么多的奖项，那么多的专利，为国家作出那么多的贡献，这样的人是真正值得我们学习的。”

自2018年朱恒银荣获首届“大国工匠年度人物”后，他的名字和事迹更是传遍了全国。邀请朱恒银作事迹报告的单位络绎不绝。从2019年到2024年近6年时间里，朱恒银不断参加劳模工匠进校园、进社会、进矿山、进企业、进党政机关、进部队、进农村活动，作先进事迹报告、科普报告90余场次。

朱恒银的报告，如同他的人生一样，丰富多彩而又不失深度。他对每一次报告都认真准备，根据不同的听众群体，报告的内容也会有所不同。他告诉孩子们，要怀揣梦想，端正自己的世界观、人生观和价值观，勇敢地追求自己的梦想。对于社会和农村的群众，他则强调了劳动的重要性，宣讲奋斗创新和爱国主义的精神。在矿山和企业中，朱恒银则着重宣讲工匠精神。他告诉职工们，爱岗敬业、精益求精、勇于创新、追求卓越的精神是每一个工匠都应该具备的。对于党政机关和部队的官兵们，朱恒银则强调艰苦奋斗、淡泊名利、甘于奉献和敢于担当的劳模精神。朱恒银的报告总是能够引起大家的共鸣，让大家深深地感受到他的热情和执着。

六安市城北二小佛子岭路校区 1000 多名师生聆听了朱恒银以《牢记党恩和使命，让党徽在平凡劳动中闪光》为

朱恒银（右二）在大国工匠·湖湘论坛电视台现场

题的报告。听了报告后，青年教师龚飞说：“我感触很深，朱先生的报告从自己的工作、学习、生活经历中，不仅谈到自己个人的成长，而且把自己的成长和事业的成功融入国家和社会事业的发展中，这不仅是一次生动的劳动教育课，也是一次生动的党史学习教育课程，我在今后的工作中要学习朱先生刻苦钻研、勇于实践，不怕辛苦、不怕劳累的这种精神，让我的工作更加扎实有效。”

朱恒银走进六安市第一中学东校区作题为《用匠心铸就人生梦想》报告时，有 1000 余名师生参加，报告厅内掌声雷动，师生们在他身上感受到了一名地质人的初心和使命不改，红色基因不变，奋斗不止的劳模工匠的优秀品质。学生梁铿说：“作为一名一中学生，应该向朱教授学习，学习他顽强拼搏，学习他不忘初心。”

朱恒银在六安市第二中学报告会上，有 1500 名师生参加，学生王程锦聆听报告后说：“真的很佩服，很了不起，在那样艰苦的环境中，能够坚持学习，取得这么多的成绩，真的不易。相比之下，我们的生活和学习条件太好了，我们应当珍惜时光，努力学习。”

朱恒银走进安徽水利水电职业技术学院，作题为《技能造就工匠，创新铸就梦想》的报告。学生国文昊表

朱恒银（右四）应邀参加安徽省教科文卫体工会系统“劳模工匠进校园 思政教师进院所”宣讲活动

朱恒银给安徽理工大学新生作报告

示：“听完报告很受感动，对劳模工匠精神也有了更深的理解，不积跬步无以至千里，我将向榜样学习，把这种劳模工匠精神融入自身学习和生活中，从基础抓起，从身边的一点一滴做起。”

朱恒银走进六安市总工会和税务局给青年干部作《让党徽在平凡岗位上闪光、生辉》的主题报告。听完报告后，六安市总工会青年干部刘兰深有感触地说：“从朱教授的报告中，我感受到了他干一行爱一行的敬业精神，追求卓越的工匠精神，敢为人先、勇于探索的创新精神，协作共进的团队精神，持之以恒的坚守精神，淡泊名利、不计得失的劳模奉献精神，我们要向他学习，在学习领悟的同时，坚定理想信念，在奋发有为中践行初心与使命。”

朱恒银每一场报告会都很精彩，他用自己的经历和感悟，向大家展示了什么是真正的劳模精神、劳动精神、工匠精神。报告会结束后，大家争先恐后地要与他合影留念，学生还追星般地要他的签名。朱恒银的报告会，以其独特的魅力和深刻的意义，真正起到了感动一片、教育一片、引领一片的作用。

为了技术的传承，国家地质勘探的发展，朱恒银还将自己多年的创新成果和积累的地质钻探经验毫无保留地奉献给了社会和地质事业。2010 年，他开始主编《深部岩心钻探技术与管理》和《深部地质钻探金刚石钻头研究与应用》两本专业著作。朱恒银夜以继日，呕心沥血，每天晚上在工作室工作至深夜，牺牲了三年的节假日休息时间，完成了约 100 万字的两本著作。2014 年，这两本著作分别由地质出版社、中国地质大学出版社正式出版发行，为我国钻探行业留下了宝贵的第一手技术资料。朱恒银说："这两本书中有 400 多张数字表格，600 多幅图件，150 多个公式等，都要逐个绘制、校对与检查，容不得一点的马

朱恒银编写出版的钻探技术专著

朱恒银在六安云上故事汇给青少年作励志报告

虎。编著这两本书确实费了我很多的心血和精力，但是看到自己的经验能够以书籍的形式传递出去，我感到无比的欣慰和满足。”如今，这两本著作已成为相关专业高校的辅助教材，成为地质勘探单位技术与施工人员的“良师益友”，深受钻探技术工作者的青睐。

朱恒银并没有停下他的脚步。2021 年至 2022 年，他又带领两名研究生编著了《劳模工匠创新工作室——钻探技术创新与实践》这本约 66 万字的著作，并于 2022 年出版发行。中国工程院袁亮院士在为该书作的序中写道：该书给年轻人留下珍贵的第一手技术资料，对推动我国地质钻探科学技术的发展、奋进新征程、建功新时代具有重要的意义。

朱恒银站在展架前，看着自己亲手编著的3本厚实的著作，他幽默地对笔者说：“这就是我一辈子从事地质钻探工作留给社会及子孙的宝贵财富。”

朱恒银（中）给六安市留守儿童讲解钻探科普知识

第十四章 莫道桑榆晚，为霞尚满天

朱恒银一直从事野外地质钻探工作，按照国家政策规定，艰苦行业，特繁工种满 55 周岁即可退休。他因为工作需要，经单位报请和安徽省人事主管部门审批，三次延迟退休时间。在此期间，他工作热情不减当年，倍加珍惜余下的光阴，进一步强化已有的创新平台，创建了“安徽深部钻探技术及应用实验室”，并担任实验室主任。2017 年，他研发的项目获得了安徽省科学技术进步奖一等奖。2022 年，他完成的安徽省科技重大专项，将我国岩心钻探地质找矿深度从3000米推进至5000米的国际先进水平。

常常有老朋友关切地问："老朱，您在野外干一辈子了，还没干够吗？应该留点时间给自己，趁身体还硬朗，带老伴去看看外面的大好河山。"面对这样的劝说，朱恒银只是微笑地回答："你们讲的也是有道理呀，但工作需要，组织的诚邀，说明我还老有所用。在身体允许的情况下，做些力所能及的工作，对我来说也是很有意义的，或许对大脑、对身体也有益处。"朱恒银对笔者说："我对本专业技术有着浓厚的兴趣，这也是我割舍不下的原因。当然，对于家人，我确实是有点愧疚。"

在与笔者座谈时，单位的几个青年职工对朱恒银的评价更是高度一致："朱老师虽然年过花甲，但工作起来精神矍铄，充满活力。解决问题雷厉风行，创新思维敏捷且有前瞻性。有强烈的事业心和责任心，是我们年轻人学习的楷模。"

朱恒银朴实的回答和青年职工们的评价，共同折射出一位地质人的生活态度和内在品质。他不仅在事业上取得了显著的成就，而且以自己的实际行动影响着周围的人。

2016年7月，西藏海通钻探有限责任公司总经理傅红，因一个技术难题慕名来到安徽六安。他此行的目的是找到朱恒银，希望他能解决他们在西藏高原永冻地层的钻探技术难题。傅经理介绍说："我们公司在西藏日喀则地区承担了罗布真多金属矿地质勘探任务。因高海拔钻探遇到近200米深度的永冻地层，给钻探带来了挑战，往往钻机一停钻或出现孔内事故，钻杆就被永冻层冻结，无法提钻。

朱恒银61岁时到西藏海拔5930米的钻探工地指导工作

我想请教朱教授帮忙解决这一难题。"朱恒银听了傅经理的介绍，经分析研究后，给他们提出了解决方案。这时，眉头稍稍松展开一些的傅经理又接着说："我们除永冻层外，还存在地层复杂取心难、效率低等一系列技术问题……"傅经理表示，如果朱恒银能亲自到现场指导，将能更全面地解决问题。朱恒银此时已年过六旬，去西藏高原还是有点犹豫，但看到这位傅经理千里迢迢的奔波和迫切需要解

朱恒银（左）与傅红经理在西藏罗布真矿区现场

决的难题，他还是答应去一趟西藏的施工现场。

做了一些准备工作后，朱恒银就应邀带领单位 2 名年轻职工奔赴西藏。初到西藏，他们 3 人就感到身体不适。朱恒银想，既然来了，一定要到施工现场去了解一下实际情况。2 名年轻职工高原反应强烈，他担心他们体力不支，就让 2 人留在山下等待，自己则在傅经理的带领下，携带氧气包，乘越野车，穿越茫茫草原无人区和陡峻的盘山土路，最终抵达了海拔高达 5930 米的施工现场。那里的环境异常恶劣，8 月的天气里仍然白雪皑皑，时而乌云密布，雪花纷飞，时而天空碧蓝，太阳耀眼。朱恒银走进钻探机房详细了解情况，和工人师傅们座谈，查看岩心的采取，泥浆性能，翻阅现场记录。每一处细节都深深地印在了他的心中。晚上回到旅馆后，朱恒银根据白天实地调查情况，撰写了一个详细的技术解决方案。傅经理在收到方案后，按照朱恒银的方案开始组织实施。

直到把朱恒银安全送到山下，傅经理才长舒了一口气道：“朱教授去现场我们也捏一把汗。”旁边 2 名年轻人问朱恒银：“朱教授，您上到近 6000 米高原，有什么感觉？”朱恒银说：“呼吸有压迫感、头很晕，但是上面有不一样的景色，不去现场，我要解决问题心里就没有底，这也叫

'不入虎穴，焉得虎子'吧。"事后，傅经理打电话给朱恒银说："谢谢朱教授，按照您的方案实施后，现场问题都解决了。"朱恒银听后露出了欣慰的笑容。

2020年至2021年，朱恒银又先后两次来到新疆克拉玛依，穿越广阔无垠的戈壁荒漠、浩瀚的准噶尔盆地沙漠进入玛湖油田，进行5000米智能钻探装备与技术试验。虽然高原的紫外线晒黑了皮肤，风沙摩擦脸部的皱纹，但这一切都抵不过他内心的激动和喜悦，因为他所研发的成果正在这片土地上得到验证和应用。他们成功创造了最高日进尺达1082米，38天就施工完成一个"L"形钻孔的高效纪录。这一研究项目的试验成功，推进了我国地质岩心钻探向智能化技术方向发展。

2021年，在安徽省六安市舒城县高峰乡党委和乡政府的倡导及安徽省总工会、六安市科协、安徽理工大学、安徽省地质矿产勘查局313地质队等单位的共同支持下，朱恒银从自己工资积蓄中拿出100多万元，在五桥街道自家老宅地上筑建了约500平方米的"劳模工匠精神教育基地"。

该教育基地设计为徽派建筑，内设4个展厅，即劳模工匠事迹厅、地质科普厅、乡村文化厅、桑梓回眸厅。共展示实物500余件，图片300余幅，视频短片10余部。劳模工匠事迹厅分四个板块：起步人生、初心如钻、创新逐梦、牢记党恩。展示全国劳动模范、全国道德模范、大国工匠、全国地质行业“十佳”最美地质队员朱恒银的人生经历和砺行致远的精神风采。地质科普厅，展示奇石及岩矿物标本，以让大家了解岩矿物的组成与作用；其中地质奇观，可让大家欣赏大自然的鬼斧神工；大别山流动的画面，可以让大家了解大别山的形成前世今生的奥秘；转动的蓝色星球，可以让大家了解地球的形成与内部结构；

朱恒银（左）在安徽理工大学指导博士研究生刘兵

科普音像视频，以清晰的动态视频画面向大家讲述地球的故事、地质学研究方法与过程。乡村文化厅，展示的是集图书阅览、交流与书法、摄影、绘画、手工艺于一体的乡村特色文化，表达的是一种“望得见山、看得见水、记得住乡愁”的情结。桑梓回眸厅，展示的是尊贤孝义、和善信诚的优良家风、家训及传承，并通过朱恒银家族的老照片、传家宝实物的展呈，表达其对家乡的思念，体现对家

朱恒银在加班进行泥浆性能多参数自动检测装置的设计

乡的眷恋情感，以教育下一代要不忘故土、不忘先辈和艰苦奋斗、乐于奉献的家国情怀。

该教育基地现已成为安徽省总工会“安徽省职工教育基地”、安徽省地质学会“地质科普教育基地”、安徽理工大学“劳模工匠精神研学基地”、六安市“青少年爱国主义教育基地”。自 2022 年挂牌以来，教育基地每年接待参观学习 2000 余人次，社会影响力逐渐扩大。对于弘扬劳模精神、劳动精神、工匠精神以及科学家精神，引导广大群众和青少年学模范、做好人、立德树人、崇尚创新、热爱科学的良好社会风尚及助力乡村振兴和发展具有重要的现实意义。

在朱恒银创新工作室成果展示厅，陈列着各种展品和缩小版的 3000 米、5000 米钻机模型。朱恒银带着自豪的心情向笔者介绍这些年来他带领团队的创新成果，这些成果现在已经广泛应用于生产实践中。在长期的创新实验中，他深知，一个人要有梦想，但仅有梦想是不够的，还必须敢于突破常规，勇于挑战自我，不断追求，脚踏实地地善于发现问题，并最终攻克它，才能梦想成真。

2021 年底，66 岁的朱恒银在 313 地质队光荣退休。安徽理工大学校长袁亮院士得知这一消息后，亲自登门拜访，希望特聘他为学校的教授。朱恒银当时也犹豫，他说："我已 66 岁了，长期工作在野外，怕不能胜任高校的工作。"袁院士说："高校就需要像你这样的既有实际工作经验，又有创新能力的人才，以助力学校的发展和实用性人才的培养。"随后，袁院士又两次派人到六安邀请朱教授。盛情难却之下，朱恒银接受了邀请，成为学校地球与环境学院的博士生导师。2022 年 6 月 10 日，安徽理工大学举行了特聘仪式。当朱恒银接过特聘教授证书时，他的心情久久不能平静。朱恒银当即表示："十分感谢校领导对我的信任，给予我能够发挥余热的机会。我将珍惜这个机会，担职尽责，为学校科技创新、人才培养、学校建设等方面奉献烛光。"

入职安徽理工大学后，为了不影响工作，朱恒银把"家"也搬到了学校。地球与环境学院为其配备了创新团队和创新工作室。2022 年，朱恒银领导创新团队成功申报创建了中国地质学会授予的"矿山精细勘探智能监测技术创新基地"，并参与了学校承担的"地质灾害多参数智能钻进探测一体化关键技术与装备"安徽省科技重大专项等研究工作。

朱恒银不仅在学校带领团队进行创新研究，对大学生、

朱恒银（右三）在安徽理工大学教学实验室指导研究生

研究生提出前瞻性课题研究方向，而且还以从事地质钻探半个世纪的工作、学习、生活经历去启发学生，用地质的“三光荣”和“四特别”精神、劳模工匠精神教育学生。朱恒银把自己在实践工作中取得的技术创新和创新成果与产学研用相结合的经验及体会传授给学生和青年教师，教育年轻一代要有家国情怀和报效祖国的远大志向，不断学习新知识，丰富自己，努力成为德的彰显者、智的拥有者、体的加强者、美的创造者和劳的践行者，实现德智体美劳全面发展，真正成为新时代国家栋梁之才。值得一提的是，朱恒银每年给地球与环境学院新生讲的开学第一课都是——“知识改变命运，奋斗成就人生”。

2021年，朱恒银利用乘动车时间进行科研报告修改

朱恒银对笔者说，在学校任教的工作让他焕发了继续奋斗的激情。

他说："我放下了钻杆，拿起了笔杆，在安徽理工大学工作很开心，也很顺心，尤其是与学校的年轻老师和学生一起朝夕相处，仿佛自己也变得年轻了。"

2023年，朱恒银带领团队做研学公益性活动，为革命老区安徽省六安市舒城县庐镇乡承担了地质文化乡的申报工作。68岁的他跑遍了庐镇乡的高山峻岭、峡谷和13个村，调查摸清了14个地质遗迹点，24个红色和人文景观，编写了约5万字的地质文化乡建设报告。同年9月，庐镇乡被中国地质学会命名为"庐镇榴辉岩、V形峡谷地貌地质文化乡"，这对于乡村振兴起到了重要作用，也为学校提供了长久的地质科普实习、研学基地。

过去3年，朱恒银还带领团队与多家企业以产学研用联合方式合作承担了多项横向研究项目，产生了显著的经济效益和社会效益。他与河北永明地质工程机械有限公司签订了产学研合作协议，为大学生、研究生实习和企业技能人才的培养提供了平台，为企业发展提供了技术支撑，对河北省产业转型升级、经济社会发展、人才培养和科技交流作出了贡献。2023年，朱恒银荣获了"河北省科学技术合作奖"。

2024年8月的一天正午时分，笔者来到朱恒银的老

安徽省直机关单位青年到朱恒银劳模工匠教育基地参观学习

小学生到朱恒银劳模工匠教育基地参观学习

朱恒银（前排左二）带领团队，主持舒城县庐镇乡中国地质学会地质文化乡创建工作

家品尝了他侄媳妇烹饪的佳肴。边吃边聊间，笔者随口问道：“朱老师，您在别人都退休的年龄还在辛勤地耕耘，下一步还有什么想法？”朱恒银悠悠地说：“我已经这把年纪了，没有高远的想法，只要身体不垮，就还想继续为地质事业的发展，为人才的培养作些贡献。”

第十五章 匠心筑梦，硕果盈枝

梦想的力量是巨大的。它不仅为我们指明方向，更在困难与挑战面前给予我们勇气与力量。在人生的旅途中，我们会遇到无数的困难与挑战，但只要我们心中有梦，就能在黑暗中找到前行的方向。

朱恒银的匠心之梦，就是这样一步步在工作中砥砺前行、踔厉奋发而逐步实现的。他用自己的行动诠释了梦想的力量，将梦想变为现实。朱恒银的逐梦之旅，用了近半个世纪的时间。手抬肩扛机械翻山越岭，他从不喊累；夜宿报纸糊窗的土坯房，甚至牛棚，他从不叫苦；设备落后老化，安全事故常发，他也不害怕。无数个在荒山野岭的不眠夜，真正让朱恒银焦虑不安的，是自己对理论知识的生疏和技能匮乏。他深知，唯有不断学习和进步，才能在这个瞬息万变的时代立足。朱恒银对笔者说："从前是'摸着钻'，后来是'算着钻''看着钻''变着钻'，现在，'自动钻'研究刚刚起步，真正实现钻探人工智能化，我们要做的还有很多。"

朱恒银从学徒工做起，历任工人、技术员、助理工程师、工程师、高级工程师、教授级高级工程师。他的每一步都走得坚实而有力，他的每一次晋升都是对他辛勤付出的肯定。如今，他是享受国务院政府特殊津贴的全国知名钻探专家、安徽省首批学术和技术带头人、首届大国工匠年度人物……

朱恒银从"五小"（小发明、小创造、小革新、小设计、小建议）创新开始，到承担国家及省部级科研项目、重大工程建设项目；从地质异常勘探验证，到大型、特大型矿区的勘查钻探，将我国地质找矿钻探深度从1000米推进至3000米深度，再从3000米突破至5000米深度的国际先进水平。

朱恒银与国内行业专家一道，将地质钻探设备的全机械钻机、半液压立轴式钻机，发展至全液压动力头和顶驱钻机、变频电动顶驱钻机；将地质钻探设备的自动化推向智能化方向发展。

朱恒银将地质岩心钻探小口径绳索取心工艺发展至大直径深孔多工况（不取心、取心、密封保气取心、复杂地层取心等）条件下钻具的不提钻高效切换多功能钻进技术；采用孔内随钻监测及孔底近钻头钻进参数采集技术，推进了孔内透明钻进技术的发展。

朱恒银在中央电视台颁奖晚会录制现场

朱恒银坚守初心与信念不动摇，奋斗与实现梦想同行，他为国家地质事业作出了重要的贡献。半个世纪的地质钻探生涯里，朱恒银带领团队不懈地努力、探索与创新，有11项研究成果填补了国内行业空白。他的辛勤劳动、无私奉献，辛苦的汗水让他的梦想结出了丰硕成果：

首创国内地质勘探小口径“导航”钻进一孔六分支伞型钻孔纪录；

率先解决了铅垂孔造斜工具面向方位定向的技术世界难题；

首创国内分体塔式全液压动力头3000米钻机新型集成设计；

首创国内小口径绳索取心钻探3000米找矿深度纪录；

首次将钻孔摄像技术应用于地质找矿中，解决了国内单孔矿体产状解析技术难题；

率先在国内提出深孔低转速条件下，高效率、长寿命金刚石钻头碎岩理论及研制方法；

首创国内大直径加重管密封绳索取心2328.18米孔深纪录；

首创国内深孔不提钻取心、不取心，不同工况需要的钻具互换技术；

研发了国内地勘行业首台5000米多功能变频电动顶驱自动化钻机；

研发了国内外首台泥浆性能多参数自动化监测仪；

率先在国内解决了近钻头孔底钻进参数监测技术难题。

朱恒银共获得国家科学技术进步奖二等奖1项，省部级一等奖3项、二等奖4项、三等奖1项，厅局级科学技术奖一等奖6项。获得国家专利26项（其中发明专利10项）；

2019年10月1日，朱恒银应邀在北京天安门左侧观礼台上观看国庆70周年阅兵式

计算机软件著作权 4 项，在国内核心专业刊物上发表论文 60 余篇，出版专业技术专著 3 部，参与编写出版国家行业标准 2 个。同时，荣获了国家科技人才奖——全国创新争先奖和地质科技领域最高荣誉——李四光地质科学奖。

朱恒银先后获得了安徽省青年科学技术创新奖、安徽省五一劳动奖章、安徽省“十五”发展创新工程先进个人、首批安徽省学术和技术带头人、安徽省创新争先奖、安徽省优秀专家、安徽省优秀科学家、安徽省道德模范；全国地矿系统“十佳科技工作者”、国土资源部“十一五”“十二五”优秀科技工作者、全国地勘行业“十佳最美地质队员”；全国优秀科技工作者、全国劳动模范、全国道德模范、中国好人、首届大国工匠年度人物等荣誉。

谈及所取得的成绩和对社会的贡献，朱恒银十分谦虚地坦言：“组织上让我担任多个重大项目的负责人，给了我弥足珍贵的锻炼机会。钻探科研是复杂的系统工程，除组织和领导的支持，还离不开方方面面的配合和团队精神，没有大家的支持，我是永远也不会取得这些成绩的。任何一项科研成果，都是大家共同努力的结果。”

朱恒银的奋斗史，也是一部中国地质钻探从后进到赶超再到领跑的变迁史。回首他的钻探生涯，他流过泪、苦

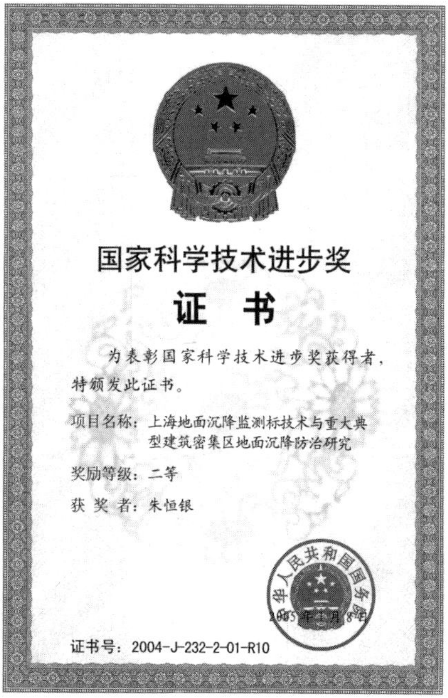

国家科技进步奖二等奖证书

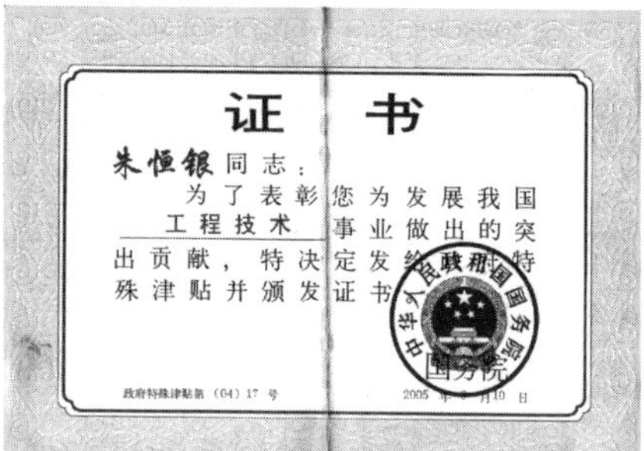

国务院政府特殊津贴证书

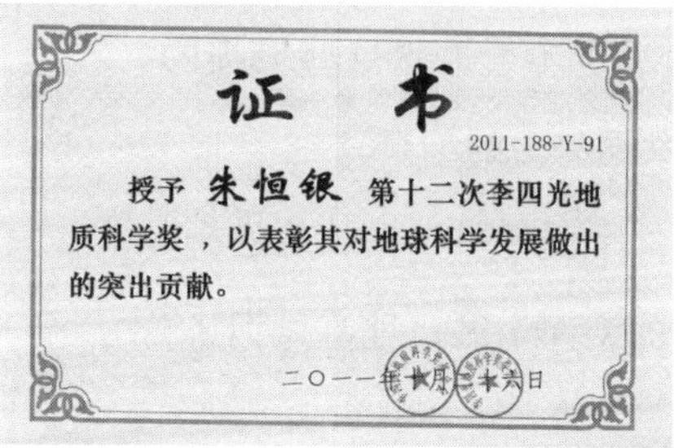

李四光地质科学奖证书

全国敬业奉献模范证书

全国创新争先奖证书

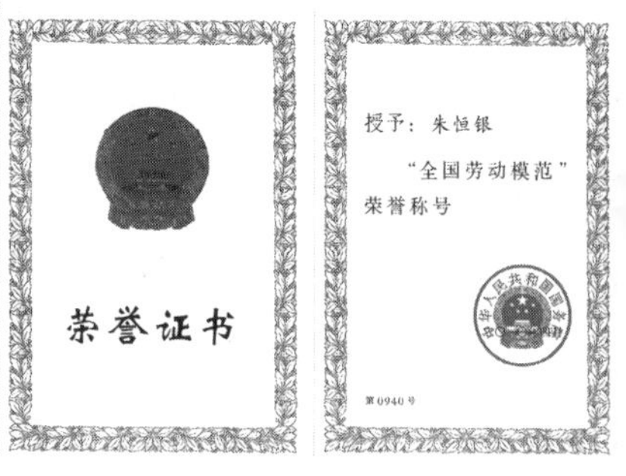

全国劳动模范证书

闷过、犹豫过、忧愁过、高兴过、激动过、走过红地毯、被闪光灯闪烁过。他说：“人生起伏跌宕是常态，潮起潮落，皆是生命的必经之路。当潮水退去，留下的是丰富的内涵。生活有时会让你眼含泪水，但也总会有阳光透过乌云，温暖你。”

笔者缓缓走进朱恒银家的书房，书房中央，一张写字台静谧地矗立，上面摆放着一台电脑。书房的墙壁上，一面的书橱里整齐地码放着各类书籍，另一面墙的多层书架上，陈列着各类获奖证书及奖章、奖杯等原件真品。笔者怀着好奇与敬佩的心情走到书架旁，看着这些闪闪发光的证书和奖章，转过头对朱恒银说：“朱教授，您真是了不起，这些都是您精彩人生的展现。”朱恒银轻轻地说：“这么多年来，我只是在平凡的岗位上，做自己应做的工作。”他的语气平和而坚定，仿佛在述说一件再平常不过的事情。

“党和人民授予了我很多的荣誉，我深知，这些崇高的荣誉和成绩，并不是我一个人能够取得的。它们是大家共同努力的结果。”朱恒银继续说道，“荣誉，只说明过去，它不代表现在和将来。荣誉是暂时的，奋斗才是永恒的。我会珍惜这些荣誉，把它们作为一种责任和动力，以鞭策我永不停步，奋力前行。”

第十六章 『初心如钻』，唱响地质人的风采

多年来，由于一直忙于工作，朱恒银很少看电视。一般只有在过年时，他才能和家人一起坐在电视机前收看“春节联欢晚会”。这是他难得的放松休闲时光，也是心中最期待的新年仪式。他怎么也没想到，自己有一天也能走进央视演播厅，让他的家人和朋友也能在电视里看到他。

2019 年 3 月 1 日 20 点，由中华全国总工会和中央广播电视总台联合录制的“大国工匠 2018 年度人物”颁奖典礼，在央视综合频道播出。在全国各行各业中，被层层推

荐遴选出来的十位大国工匠年度人物最年长的86岁，最年轻的29岁。每一位当选的“大国工匠年度人物”都是所在行业的顶尖技术技能人才，都在普通岗位上作出了不平凡的贡献。

电视画面中，64岁的朱恒银身穿蓝色工作服，工作服上印着“安徽地矿”字样，神采奕奕地走上中央电视台演播大厅颁奖台，带着他的匠心记忆——一枚铜矿心，讲述他的故事。台下观众掌声雷动经久不息。中央电视台播音员以高亢激昂的声音朗诵着给朱恒银的颁奖词：“从地表向地心，他让探宝‘银针’不断挺进。一腔热血，融进千米厚土；一缕微光，射穿岩层深处。他让钻头行走的深度，矗立为行业的高度。”朱恒银高高举起大国工匠金光闪闪的奖杯屹立在颁奖台中间，以展示地质人的风采。

2019年9月15日，朱恒银荣获第七届全国敬业奉献道德模范，他第二次登上中央广播电视总台演播大厅颁奖台，再次在闪光灯下，见证荣耀时刻。

2019年，庆祝中华人民共和国成立70周年活动期间，朱恒银应邀到北京参加国庆系列活动，并于10月1日登上北京天安门左侧观礼台，观看盛大的阅兵式。朱恒银说：“阅兵式场面壮观、令人震撼。我在观礼台上看到整齐划一的方阵，铿锵有力的步伐，展现了中国人民解放军的威武之师形象。一辆辆装甲战车、坦克、火炮、导弹发射车驶过天安门广场，尤其是当无人机方阵和战斗机在头顶呼啸而过时，我挥动手中的五星红旗，激动得流下了热泪。我与新中国同频共振，见证了伟大的祖国从站起来、富起来到强起来的伟大历程。我们生活在新中国，为伟大的祖国繁荣昌盛而感到自豪！”

2021 年春节，朱恒银第三次登上中央广播电视总台演

诗朗诵《坚守的力量》

播大厅，被中央宣传部特邀参加这一年的春节联欢晚会，在新年钟声敲响之时，他以全国道德模范代表的身份，向全国人民拜年祝福。

2021 年 7 月 1 日上午，庆祝中国共产党成立 100 周年大会在北京天安门广场隆重举行。上级党组织安排朱恒银到北京参加 7 月 1 日庆典活动，接到通知的朱恒银心情无比激动，但遗憾的是，他当时由于出差劳累患突发性心肌梗死，正躺在病床上，无法前往。朱恒银对笔者说：“那是百年难遇的机会，真是很遗憾。我只能躺在病床上用手机观看直播。”

朱恒银的事迹被央视报道后，在社会上也引起多种形式的广泛传颂。安徽省六安市委宣传部文明办为了增强宣传特效性和持久性，特意组织了专业的作词作曲人员，以朱恒银的事迹为蓝本，创作了一首名为《初心如钻》的歌曲。这首歌曲以独特的音乐语言展现了以朱恒银为代表的模范人物们刻苦钻研、勇攀创新高峰的奋斗历程。他们坚守初心、不断探索、为国奉献的精神，如同一颗璀璨的钻石，闪耀着光芒。歌曲由三位中国音乐家协会会员联袂倾情打造，表达了对模范人物的尊崇和社会的礼遇。这首歌曲的推出，不仅激励了更多的人学习、尊崇劳模，同时也传承了红色基因，让工匠精神和爱国主义精神得以薪火相传。

《初心如钻》于2020年1月13日在六安市道德模范颁奖典礼首演之后，多次在“安徽省劳模工匠进社区”等省市级活动中演出，许多现场观众流下了感动的泪水。这首歌曲的MV先后在中国文明网、“学习强国”学习平台、安徽文明网等主流媒体网站刊播，并在安徽音乐广播台等多轮播出，产生了较大的社会影响力。该歌曲在2022年由安

朱恒银工装照

徽总工会和安徽省委网信办组织的“网聚职工正能量，建功献礼二十大”主题活动之网络正能量歌曲征集项目中荣获“银曲”奖。

2022 年 6 月，为了探索志愿服务的新途径，六安市文明办着力推进新时代文明实践，不断满足人民群众精神文化生活新期待，推出了“照见最美”文明实践志愿服务活动。在这一活动中，六安市文明创建指导中心联系市爱心车队、爱心企业龙摄影 MAX 影像艺术空间，为朱恒银和董明珍拍摄婚纱照，以弥补朱恒银和董明珍年轻时的遗憾。

拍摄当天，朱恒银和董明珍一大早就来到影楼，化妆、选头饰、穿婚纱……董明珍身披洁白婚纱、手捧一束鲜花站在朱恒银面前，朱恒银情不自禁地说道：“好看！”他们时而深情凝眸、时而含羞低首，在摄影师的指导下，虽然有些局促，但掩盖不住满心的欢喜。

大国工匠奖杯

看着自己 67 岁时的结婚照，朱

初心如钻

1=G $\frac{4}{4}$

男声独唱

倪琼瑶 词
刘 洋 曲

♩=70 深情地

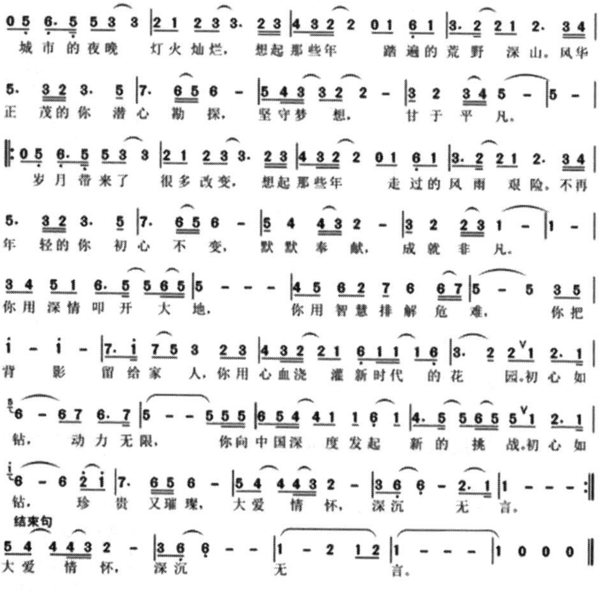

《初心如钻》词谱

恒银颇为感慨：“我是 1982 年 6 月 3 日成家的，没有测日和选择吉日良辰，是极其普通的一天，因为当时条件有限，没有举办婚礼，也没有拍婚纱照，给身边亲朋好友包了喜糖后就算办了仪式。”这迟来的婚纱照镌刻着岁月的痕迹，承载着他们风雨同舟 40 载相濡以沫的美好记忆。

2024 年 9 月，六安市文明办再次组织相关专业人士，以朱恒银为代表的模范人物为创作灵感，谱写了一首名

歌曲《初心如钻》演唱现场

为《榜样》的歌曲。这首歌不仅是对他们先进事迹的赞颂，更是对朱恒银等默默付出、无私奉献的模范们的深深致敬。

榜　样

歌词作者：倪琼瑶

寒夜不灭的灯光，
照亮浴血不屈的脊梁。
雪山大漠的守望，
迎来悬崖花朵的怒放。

沃野千里的稻香，
呼应天空深海的回响。
未知前路的勇往，
只为清澈炽热的梦想。

也许功名深藏，沉默如土壤，
也许微光成炬，如冬日暖阳。
你是我心中的榜样，

那么温暖那么明亮。

榜样，是光芒，是力量，
是开启幸福的宝藏。
燃烧着，热爱着，奋斗着，
在每一个需要的地方。

我们，去飞翔，去搏浪，
去星辰大海的方向。
感动着，奔跑着，超越着，
像你像旗帜高高飘扬。

让我们从《榜样》中汲取奋斗的力量，无畏前行勇敢逐梦！像朱恒银等榜样一样，成为别人心中的那束光！

后 记

初次看到朱恒银老师，是在“大国工匠2018年度人物”颁奖典礼的银屏上。当时我想，这么一位文质彬彬、书卷气十足的人，是怎么在地质行业坚守40多年，挑战无数的不可能，突破多个技术创新，干出如此突出成绩的？从那时起，我就对朱恒银老师的事迹有了比较深刻的印象，并开始关注相关报道。

2019年，在一次论坛上，我与朱恒银老师有了一次正式会面的机会。当时我要接待全国各地的嘉宾与会议代表，与朱老师的交流时间非常有限。我们在论坛大背景前合影，我向他表达了自己的敬意。

2020年初，我开始研究工匠精神。无论是工匠精神的传承与发展、工匠精神视野下的人才培养与产教融合、传统工艺与现代产业的结合，还是工匠精神对于高质量发展，以及价值引领的作用，都值得我们深入探讨、研究和实践。为此，我约访了10位大国工匠代表，通过图文与视频相融合的形式，讲述他们把人生梦想融入中国梦的生动故事，展现他们在一线岗位上的坚守与拼搏、探索与进取。朱恒银就是其中的一位代表人物。但遗憾的是，当时因为新冠疫情，我们的交流只能通过微信和电话进行。我由衷地希望更多的人看到大国工匠的经历，看到是什么样的动力让他们在艰难的环境下奋斗不止，是什么样的情怀让他们“择一业终一生”，是什么样的经历让他们拥有大国工匠特有的品质。我想，这些对于人才培养和人的自我发展都有着重要的启示。

2024年金秋，我有幸带着全国总工会的重托和任务，走近这位大国工匠。数日的走访让我对劳模精神、劳动精神、工匠精神有了更加具象化的认识，朱恒银老师不仅具备高超的技艺，更是具有坚定的信念和崇高的品德。在他足迹所至之处，他的钻探事迹犹如颗颗明珠熠熠生辉。

当我背起行李准备返京时，朱恒银老师和学生一起到车站来送我，挥手间，笑容和来时初见一样温暖，却让我更加敬佩和感动。

高铁驶离车站，我心中不禁感慨万千。朱恒银老师讲述的那些故事，在我脑海中放映，即使是窗外景致也无法遮盖，他的奋斗和心路历程如同一幅幅生动的画卷徐徐展开。这时的我，担心自己笔力有限，难以尽数勾勒。他的每一次挫折、每一处转变、每一份付出，真切朴实，但又令人感动、催人奋进。他用自己的实际行动诠释了劳动的价值和深远意义，他的精神将激励我们不断前行。

方鸿琴

2024年10月